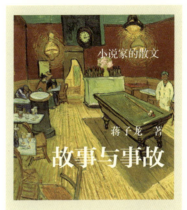

小说家的散文

蒋子龙 著

故事与事故

河南文艺出版社
· 郑州 ·

图书在版编目（CIP）数据

故事与事故／蒋子龙著. --郑州:河南文艺出版社,2021.7
（小说家的散文）
ISBN 978-7-5559-1140-1

Ⅰ.①故…　Ⅱ.①蒋…　Ⅲ.①散文集-中国-当代　Ⅳ.①
I267

中国版本图书馆 CIP 数据核字（2021）第 085648 号

策　　划　陈　静
责任编辑　俞　芸
书籍设计　刘婉君
责任校对　梁　晓

出版发行　河南文艺出版社
本社地址　郑州市郑东新区祥盛街 27 号 C 座 5 楼
承印单位　河南瑞之光印刷股份有限公司
经销单位　新华书店
开　　本　787 毫米×1092 毫米　1/32
印　　张　9
字　　数　175 000
版　　次　2021 年 7 月第 1 版
印　　次　2021 年 7 月第 1 次印刷
定　　价　45.00 元

印厂地址　河南省武陟县产业集聚区东区（詹店镇）泰安路
邮政编码　454950　　电话　0371-63956290

作者简介

蒋子龙，作家，1941年生于河北沧州。1962年开始发表作品，著有长篇小说《蛇神》《子午流注》《人气》《空洞》《农民帝国》，中、短篇小说《乔厂长上任记》《赤橙黄绿青蓝紫》《燕赵悲歌》等，以及14卷本《蒋子龙文集》。作品多次获得全国优秀短篇小说奖、中篇小说奖。曾任中国作家协会副主席、天津市作家协会主席。

目录

辑三　"混"世界

輯 一 书写时代

"当代"的大门

1979年春夏之交，《当代》横空出世，凭这个刊名我想当然地觉得这是写现实题材的福音。"当代"这两个大字真是绝了，仿佛是一道大门，进入历史或走出历史，都要经过此门；深入现实、走进创作的妙境或苦域，也须过此门。当时我虽然写过一些短篇小说，也有一点虚名，完全是凭着被现实生活激起来的一股蛮劲，还有声势浩大的批判给帮忙做了广告。其实对文学创作还没有真正入门，于是对着《当代》这道堂皇厚重的大门，心里曾闪过一念，不知将来有没有机会或者叫幸运，闯一闯这道大门？（至于文学创作有没有大门，作家是越写越生好，还是越写越熟好，那是后来思索的问题。当时认定文学是有门的。）

来年开春，中国作家协会办文学讲习所，通知我去报到。我当时在车间里负责抓生产，正是"拨乱反正，百废待兴"，生产压力很大，自知请半年的假可能会很难，但心里发痒，不试一下不甘心。刚上任的党委书记资格很老，敢说敢断，也有文化情结，看了《通知》二话不说拿起笔就在上面签了"同意"。当时我还多了句嘴："车间生产怎么办？"书记反问："你想不想去？"我赶紧称谢，拿起他的签字就离开了，立刻回车间交代工作，第二天就买票进京。

文学讲习所请了几位老作家担任导师，其中有《当代》的主编秦兆阳先生，一派安顺平和的大家气象。导师们除去给全所的学员讲大课，每人还要带两三个学生，不定期地在导师家里给开小灶。说来真巧，秦先生挑选了广东的陈国凯和我，一南一北两个写工业题材的工厂业余作者。那天先生讲完大课跟我和陈国凯约好，三天后带着一篇小说到先生家里去上第一堂"研究生课"。我手里没有存稿，急忙调动脑子里的存货，赶写了一个短篇《狼酒》。

三天后的下午两点钟，我俩准时赶到先生的家，沙滩南边的一个小院子，书房是里外两间，都堆满了书，写字台在里间，先生先看我们的作业，让我们在外间随便翻他的书。都是好书，拿起哪一本也舍不得放下。过了大概一个多小时先生喊我们进去，陈国凯交的什么作业，先生如何批改的我记不清了，轮到我时心里很紧张。秦先生有一种凝定和收摄的力量，幸好眼睛没有盯着我，而是看着眼前的《狼酒》稿子，手里拿着铅笔，一边说一边在稿子上标记出要改的地方：语言的节奏、文字的响亮，还有细节的坚实,都保持着你的风格,但结构混乱,没有好好构思……这一段放到前边来,这一段应该往后挪……先生把我的小说大卸八块,重新做了排序。

那一课令我终生难忘,写小说要格外重视结构布局,起伏跌宕不只是为了制造悬念,是让小说在变化中见姿致。回到文讲所立即按先生说的把稿子前后段落调整了一遍,虽然这篇小说先天不足,但自己看着至少顺畅多了。此后每隔两周我和国凯就到秦先生家去一次,先生每一课都提前做了准备,是根据我们两人的具体情况设定的内容,或先问我们一些问题,根据我们的回答开始讲解,或从一部经典小说谈起……先后讲过小说的气韵、锋芒,人物的设计,文字的稳重……半年期满后又延长了两个月,我们要毕业了,最后一堂课结束的时候先生给我出了"毕业论文"的题目:为《当代》写一部中篇小说。

一回到工厂,就觉得跟在文讲所是两个世界,生产任务总是压得喘不过气来,加上我脱产八个月,心里过意不去,就想好好卖把子力气。全身心融入车间的生产节奏,根本顾不上想自己的小说,但也不敢从心里真正放下导师布置的作业,掐算着日子到再不动笔不行了,就开始写《赤橙黄绿青蓝紫》。我给自己订了计划,上班的时间不要说写小说,连想想都不可能,我们厂的公休日是星期二,等到周一从晚上开始,一直干到周三的早晨上班。我的写作习惯是动笔后不喜欢间断,口袋里永远有个破本子和一支笔,不知什么时候脑子里突然冒出几句话,随即就记下来。每天上下班骑车要两个多小时,是我打腹稿的黄金时间段,骑在车上脚蹬子一转,我的小说也活了。那时候加班加点是家常便饭,常常一两个月没有公休日,憋得难受时晚上就写几个小时。

写到三万多字的时候,有天晚上一个朋友来串门,他是一家文学刊物的小说组长,听说我正在写小说,自然要看一看,我也想试试他对我的小说的感觉,他看了几页就强行将我的稿子装进他的书包,说不打搅我,带回去仔细看。我有点着急,赶紧声明这是给《当代》写的,是秦先生交代的任务,无论如何你们不能用。一周后他把稿子送回来了,还没头没脑地扔出一句话:送审没过关。我说这又不是给你们的稿子,你送给谁审呀?他说如果主编相中了我们可以先发,不会影响给《当代》,结果主编不仅没有看中,还让我提醒你,这部小说有种不健康的甚至是反政治的倾向……我心里咯噔一下,自己原本对这部小说挺有信心,自认为里面还是有点新东西,比如小说的男主人公是个抗上的玩世不恭的青年,有些坏招怪点子很让领导难堪,但在青年人中他却是个有本事有影响力的角色……在当时的文学界还没有这样一个人物形象,怎么就"不健康"甚至还"反政治"呢?

但我还是将写作停下来了,一直等到离答应的交稿时间近了,我也没有想出该怎么解决"不健康"和"反政治"的问题,就只好按照自己的想法先写完了再说。当时我负责车间的生产管理,极少有按时下班的时候，如果情绪好，到家后吃点东西然后铺开稿纸就干，写到凌晨三点睡觉。如果没有情绪，回家吃完饭就睡觉，三点起床干到七点，然后去上班。到了该交稿的日子，正好是星期二，工厂歇班的日子，想到交稿后可以大睡，前一天干了个通宿，但没想到还是未能刹住。早晨七点多钟，老婆上班远已经走了，我负责送两个孩子，一下楼就看见人民文学出版社的编辑贺嘉正在楼前转悠，他是奉秦先生之命，乘从北京到天津的头班火车来取稿。我只好让儿子先把他妹妹送到幼儿园后再去上学，我陪贺先生回屋。

那时我住工厂分配的一个"独厨"，即一间卧室外加一个自己使用的厨房，两户共一个单元。贺先生跟着我胡乱吃了点早饭，我告诉他小说还差个尾巴，估计再有三五千字就差不多了。我拿出已经写好的六万多字，请他在卧室里的小桌上审阅，我将切菜板搭在厨房的水池子上写结尾。直干到傍晚，我写完了，他也看完了。其实我在外边写着，一直留心他在屋里的动静，除去我们两人简单地吃午饭，他一天几乎没怎么动屁股，我心里对自己的小说就多少有点底了，说明他看进去了。最后他提了几处小意见，我当即就处理了，他说大主意还要等秦老看过稿子之后再定。

没过多久，我接到秦兆阳先生用密密麻麻的小字写来的七页长信，肯定了小说，并通知我小说拟发在新年第一期的《当代》上。我既感动，又深受鼓舞，天下的编辑与编辑、主编与主编，差别何其之大！之后不多久我写了一篇小文，叫《水泥柱里的钢筋》，表达对编辑的尊重，他们就如同水泥里面的钢筋。正巧花城出版社要出我的小说集，征得秦先生同意，便以他的长信为序。后来这部小说获全国优秀中篇小说奖，其实这个奖是《当代》送给我的。

这时，我似乎知道《当代》的大门多高多重了。一个写作者若想走上文坛，甚或是文坛的制高点，就须通过一道道像《当代》这样的大门。不知是在文讲所读了一些书，听了八个月的课，特别是被秦兆阳先生耳提面命领进了《当代》的大门，觉得心里似乎有些底气了，想写的东西很多，一年多以后我的第一部长篇小说《蛇神》脱稿，也是在《当代》发表的。那时还在"清除精神污染"，我对哪些东西是"污染"不甚了了，这似乎是个心照不宣、又极度敏感的概念，十分宽泛，只要有人觉得像是"污染"，宁错杀一千，也不漏掉一个。

我曾担心《蛇神》也会被删除一部分。当时我有种很奇怪的心理，越是被删掉的部分，越觉得是自己写得最好的东西。《当代》出来后我急忙从头至尾浏览一遍，竟没有删节，全文刊出。不久天津人民艺术剧院将《蛇神》改编成多幕话剧，主演兼院长跟我说，这样的小说如果不是发在北京的大刊物上，他们不一定敢改编。公演后果然有人告状，但还是演了相当长的一段时间。

大编辑编大刊物，到底气度不一样，为人谨重和雅，个个都是谦谦君子，但刊物却保持着鲜明的个性和锋芒圭角。《当代》不愧是现实主义的福地，也是我的福地。学手艺有句话："师傅领进门，修行在个人。"有"师傅领进门"非常重要，可少走许多弯路，进不了门全凭自己摸索，或许永远达不到凭自己的条件能够达到的境界。

后来我对一个美国孤儿的故事发生了兴趣，想写个中篇。这个孤儿跟我很熟，我为写小说被人对号入座惹的麻烦太多了，以防后患我动笔前征求他的意见。他一听不仅不反对，反而两眼放光，来了精神，说你怎么写都没有关系，必须答应我一条，我和我的父母的名字、职业一定要真实，我给你提供资料。这大出我意料，口出无凭，也怕他以后反悔，让他当场给我写了个字据，算是自愿把故事卖给了我，我出价五百元，请他在利顺德吃了顿西餐。小说快写好的时候他找到我，想看看稿子，我不同意，特别不喜欢在小说未完成前让人看稿子。再说有协议在先，你白纸黑字写的，随便我怎么写都可以。假若你看完后提一堆意见，我能接受的可以改，我不能接受的怎么办？他没有坚持，并表示对《寻父大流水》的小说题目很满意，说突出主题，不看稿子也行，但发表必须找个中央的大刊物。我说中央的文学大刊物就是两个，能发中、长篇的只有《当代》，是人民文学出版社办的，在西方就叫"皇家出版社"。他说行，太好了！

小说发表后他买了一兜子那一期的《当代》，大概有三五十本，提着去香港了。他在香港起诉了英美烟草公司，讨要战争赔款。

他的父亲曾是英美烟草公司驻中国高级代表,1941 年秋天回国述职,随即太平洋战争爆发,就再也没有回到中国。被丢在大陆的他以及他的母亲,其境遇可想而知。战乱期间自不必言,即便是新中国成立后,在历次政治运动中他们母子也无法说清楚自己不是美国特务……他带着一大兜子《当代》上法庭,不知是发给陪审团,还是散发给媒介制造舆论、引起同情。早知如此,我当初就该实打实地写报告文学,而不是小说。最后不知《当代》起了作用没有,反正他的官司打赢了,拿着数目不菲的赔款和美国政府发给他的公民护照,高高兴兴地回美国了。

《当代》凝练了当代,当代就是现实,而现实中包含着历史与未来。我此生有幸进了《当代》的大门,也顺便带着我小说家族中的全部人物,进入当代文学大家庭。

感谢《当代》。感念秦兆阳先生。

文学的尊严与作家的福泽
——感念《小说选刊》

我依然清楚地记得,1980年秋后的一天,在车间办公室赫然见到两本《小说选刊》的情状:惊奇、兴奋、庆幸、感动……

因为我当时的处境艰难而又尴尬。天津的第一大报已经连续发表了十四个版的批判我小说的文章,不知道还有没有下文。是"批判"不是批评,气势和用词都是"文革"大批判的方式。是市里一位领导公开组织的这场批判,并上书中央告我的状,认为我的小说是"大毒草"。

在工厂里,我却仍然担任着一个庞大的有着三万多平方米的车间的主任,每天忙得像救火。而管生产的副厂长是我的同学,却常会突然闯进车间,不是检查生产,是看我会不会在上班时间写小说,想抓我个"现行"……说实在的,我已经不像1976年春夏两季被"在全国范围内批倒批臭"那么紧张,只是"癞蛤蟆趴在脚面上"——不咬人,硌硬人。

11

可想而知，这时候《小说选刊》的横空出世，对我有雪中送炭、伸援手救我于水火的意义！

况且是茅盾写的发刊词，似乎比 1976 年《人民文学》复刊的阵势更壮观，显得强劲自信，势大力沉，是文坛上的一道重彩。我反复掂量着手中的《小说选刊》，那真叫爱不释手，想穷尽脑中一时想到的好词来形容她：文气雄厚、慧眼辽阔、囊括诸家……

创刊号的头条，竟选上了我发在地方刊物上的短篇小说《一个工厂秘书的日记》，且配发了阎纲先生的短评。爱默生说过，不要让一个人去守卫他的尊严，而应让他的尊严来守卫他。以前被不断地批倒批臭，还谈何尊严？我甚至想不明白是自己牵累了文学，还是文学牵累了我。"文革"结束，正本清源，理应恢复人的尊严、文学的尊严。当时我却没有能力守卫自己的尊严，满心希望文学的尊严能帮助我。

我与同时代的大多数业余作者一样，对文学抱有宗教般的感情，想能成为文学殿堂的朝圣者。在这样的"圣殿"里，总该是安全的吧？即使"文无第一"，《小说选刊》至少是最高的文学殿堂之一，作家的精神福泽，非比寻常。

说句没出息的话，《小说选刊》的问世，对作家还有"扶贫"的意义。作品有幸被选中，还会再发一次稿费。我当时的工资每月四十多元，《小说选刊》给《一个工厂秘书的日记》的稿费顶我两三个月的工资。这在当时对我来说是大钱，对其他业余作者来说也是一笔不小的"外快"。一位在塘沽盐场工作的朋友，已经公开发表过多篇小说和散文，后来调到塘沽文化馆，他让我在歇班的日子去塘沽讲课，讲完课不仅没有讲课费，我还得请塘沽的十来位业余作者吃饭。理由是我刚从《小说选刊》又"白拿了"一次稿费，而且明年评奖也"有戏"了。

后来知道，《小说选刊》是当时的中国作协一把手张光年提议创办的，第二年张光年和夫人由王蒙陪同来天津，光年先生对我说："三十五年没有吃狗不理了。"我大吃一惊：狗不理就是个包子，怎么多长时间没有吃它还记得如此清楚？

原来他在三十五年前来天津吃过狗不理，此后再没来过天津。我当时刚发表了中篇小说《赤橙黄绿青蓝紫》，王蒙接口说：把你的"赤橙"两个字拿出来请我们吃狗不理。虽然那顿饭最后结账时不光是吃掉"赤橙"，连同"黄绿"也一块儿吃掉了，我却于心满足，终于有机会对创办《小说选刊》的功德表达了自己的敬谢之意。

自见到创刊号后，我开始订阅《小说选刊》，每期刊物到手，从头至尾一字不漏地读下来。一刊在手，便对当前好小说的风貌、全国文坛动态，了解个大概。特别是从《小说选刊》的风格以及选取作品的标准中，一直感受到一种"现实的骨感"，即便在新潮流、新技法大行其道时，也保留着丰富的文学内容和生活内容，这让我心里踏实。因为我对现实生活的关注已经成了自己的一种性格、一种命运，想改也难。

我理解的现实却并非只是当下，现实不可能脱离历史和未来。除此之外还有作家内心的现实、精神的现实状态，以及情感的现实，好小说产生于真性情。为此我曾认真阅读茅盾的发刊词，他肯定"文革"后短篇小说"欣欣向荣……建国三十年来，未有此盛事"。这应该理解为对文学关注现实的肯定。

1960年代初，我还在军队上，读了茅盾点评的《1960年短篇小说欣赏》一书，深受启发，当即写了一篇三千多字的读后感，不知天高地厚地寄给了《文艺报》。隔了没多久，竟收到《文艺报》的回信，写信者是大名鼎鼎的评论家阎纲，一笔美不胜收的好字，写了三页，告诉我怎样修改这篇文章。我按他的意见改好后重新寄回，可惜不久"文革"开始，《文艺报》和其他文学刊物都停了。但阎纲先生是信人，将我的文章的大样寄给了我。由此我跟阎先生有了联系，什么时候见了面都感到很亲切，没有距离，不必客套，可以说说心里话。想不到在《小说选刊》的创刊号上，续上了前缘。

不可否认，《小说选刊》的存在也给作家以很大的压力，写出的小说除去要争取能上"国刊"《人民文学》和"四大名旦（刊）"之外，更重要的是能被《小说选刊》看中。茅盾在"发刊词"中说得很清楚，创办《小说选刊》有助于将全国短篇小说评奖常规化，上了《小说选刊》就有可能"名标金榜"。我的《一个工厂秘书的日记》在第二年的全国短篇小说评比中果然得奖,好像还排在第二名。

当时的评奖是读者投票和专家评议相结合,上一年的《乔厂长上任记》,之所以我生活的城市的市委领导告状都告不下来,跟得票不少有关,拿下来跟群众怎么交代?当然,专家的认可也至关重要,最后还是排在最前边。《小说选刊》创刊号开印就是三十万册,从第二期发行量就飙升至一百多万册。根据当时全国群众阅读情况调查显示,平均每一本刊物的读者是十个人,这是多大的影响力!上了《小说选刊》不能说评上奖就十拿九稳了,却至少有了一多半的把握。

当时傅活先生在一篇文章中称我是"文学新秀",多么妩媚的称号。四十年来为了争取上《小说选刊》,熬成了糟老头子,我是不是可以考虑向《小说选刊》讨要"青春损失费"?人会老,刊物不会老,文学不会老。铁打的刊物,流水的编辑和作者。

借《小说选刊》创刊四十周年庆典,向选刊的新老编辑们说声谢谢!并祝福《小说选刊》:福寿康宁,万紫千红!

谈枕边书

您童年时代最喜欢的书有哪些？有特别喜爱的人物或主角吗？

蒋子龙：武侠小说和侦探小说，《童林传》《大八义》《小八义》《包公案》等等，最喜欢《三侠剑》中使棍的"四爷"蒋伯芳。正巧我也排行老四。

您会通过孩子的推荐阅读吗？

蒋子龙：冯仑的书是孙女推荐给我读的，他的智慧和语言，新奇泼俏。王东岳的书是儿子推荐给我的。

您当年会和孩子共读吗？是否重新发现了喜欢的童书？

蒋子龙：孙女、孙子小的时候哄着他们共读过一本书，发现中国最好的童书还是古代名著。我跟孙子读童话及所谓儿童文学之类的作品，根本读不进去，特别是那种故作天真、装出来的童趣，令人难以忍受。古代就没有"儿童文学"，我也直接给上学前的小孙子读《封神演义》和《三国演义》，反而听进去了。我曾留了几年胡子，就是孙子不让刮，他想看看我的胡子能不能长得像关羽的胡子那么长。

您会为学生推荐书吗？

蒋子龙：我是读杂书长大的，从不向学生或青年人推荐具体书目，每个人的性情、喜好和需求都不同，读书多了自然能分出好坏。光吃精细食品，不利于健康，免疫力也不会好；吃五谷杂粮，营养均衡，随着年龄的长大，自然知道什么是垃圾。

您曾写过《书的征服》一文，提到"书有说不尽的好处，正因为如此，书才有强大的征服性和侵略性"。同时，我也很认同您的另一种看法"会读书的人都懂得征服书"——您觉得自己在与书的"对抗"中，是被征服的时候多，还是征服的时候多？

蒋子龙：笼而统之地说，书是"终身伴侣"，相互征服，其乐融融，受益终生。古典中《史记》征服了我，我也征服了它。所谓"我征服了它"是指能为我所用，写作卡壳或进入郁闷期、调整期，随便翻开哪一页读下去，立刻让你看到高境界的思想、语言和人物描述是怎样的，你有没有脑子、脑子应该怎么用、文字应该怎么用……上面都有了标杆，足以益智醒神。西人爱默生的《美国哲人》和一些散文随笔，无论什么时候读，你的精神、哲思，会轰然受到一击。读今人李建军的《文学因何而伟大》以及《重估俄苏文学》，可以享受智慧的轰炸、语言的盛宴。后一本分成厚厚的上下册,今年被疫情封闭在家的前两个月,什么也不干就读这两册书,每天只读一章,抄了很多观点,也记了不少自己受启发想到的东西,有时甚至舍不得读完。此书文学营养丰富,有助于我认识和判断有时不得不面对的作品和作家。

还有一类能征服我的书,读之心神大畅。古人经典小说不提,只说眼下给我以阅读享受的,刘小川的《品中国文人》系列,陆春祥的笔记种种,美国人汉森的《杀戮与文化》。后一本让我知道了太平洋战争的真相,让我知道了自己对抗日战争的偏颇和无知,愤怒且无地自容。阅读的受益和快乐,来自被征服。还有一种征服是不值一提的,看了前边知道后边,读了一页或几页就能断定书的质量,即便读完全书,也一无所获。这种如一碗白水般的书,你征服它有什么用?

我此生大约都达不到古人的境界:"书有未曾经我读。"我征服不了的书太多了,古代的典籍、经类不说,就是当代人写的书,比如王东岳的《物演通论》,我对作者和作者的学问有兴趣,他书中的每个字我都认识,他把我认识的汉字排列在一起,就令我一头雾水,似懂非懂,似是而非。

什么样的书,使您有着征服的欲望?

蒋子龙:具有哲思性的文学作品,而不是单纯的哲学著作。历史著作以及神鬼、玄怪、风水之类的书籍,乃至《湘西赶尸》《叫魂》《三命通会》,等等。

您现在还经常逛书店买书吗？一般是通过什么判断书的价值？

蒋子龙：不会特意去书店，外出路过书店是一定要进去看看，看看聪明的文化人又想出了什么吸人眼球的书名，和设计出了什么样的封面，能在五彩斑斓的各色书籍中引人注目。我买书则在网上，关于书的信息来源有三个渠道：一、报纸和刊物的推荐和一些评论文章；二、朋友推荐；三、孩子们推荐。关于书的价值一定要自己判断，买来就堆在书房的地上，得空时一本本地读，好书留下来，名不副实的丢掉或送人。亲戚朋友都知道，我的书房门口外边堆着的书，是可以随便拿走的。

您看得最多的书是什么？为什么，能谈谈具体原因吗？

蒋子龙：思想和历史类的书，为了增加文字的精神含量。我的写作是关注现实的，现实是历史的映象和遗留，历史搞不清楚，现实就深刻不了。现实题材的生命，是真实、中肯。但是太难了，现代人记忆消失得很快，或只记对自己有用的，任意隔断、涂改甚至编造历史。

您的枕边书有哪些？有反复重读的书吗？

蒋子龙：我的家乡有句民谚："好吃不如饺子，舒服不如倒着。"年轻时枕边放着很多喜欢的书，也喜欢躺着看书，有时看得昏天黑地，读武侠小说以及后来的福楼拜、莫泊桑、托尔斯泰等等，都是整夜整夜地读。上了年纪，大约七十岁以后，对枕边书比较挑剔了,好看的、拿起来放不下的,不能放在枕边。极其重要须认真读,还会做笔记的,也不能放在枕边,要在写字台前坐着读。枕边书要求规格很高,很干净、又有真价值的书,才能放在枕边。我不失眠,但有睡不着的时候,我睡不着时不是在床上辗转反侧,而是打开床头灯读书,读到撑不开眼皮了,自然睡去。所以,我枕边放的必须是好书,还得能让我读得睁不开眼皮。最近我枕边的书是王东岳的随笔集《知鱼之乐》。近两年在枕边放过的书还有刘泽华的《先秦思想史》、姚灵犀的《思无邪小记》等。枕边的一本书,能读好几个月,甚至一年半载。

让您感到了不起的是哪本书?

蒋子龙:《战争与和平》,称得上是史诗型的巨著。一个人的智力、知识、阅历、经验和创造力,几乎达到神的程度才能完成这样的著作。

您最希望和哪位作家对话?

蒋子龙:雨果。他有两点格外让我好奇:一、他的小说非常重视故事,矛盾冲突异常强烈,并富戏剧性,人物有浓郁的传奇色彩,风格有点接近《水浒传》《三国演义》,都适合改编成戏曲和电影。读了《雨果论文学》一书找不到答案。二、他七十多岁时用半年时间写出长篇小说《九三年》,而且不是“水货”,笔力依旧,锐气不钝,是上乘之作。他当过官,逃过难,著作等身,到老年如何还有这等的脑力和体力?

您最喜欢哪一类文学类型？有什么不为人知的趣味？

蒋子龙：凡好作品都喜欢，不喜欢卖弄做作、华而不实的东西，只要一眼看出有假或败笔，立刻丢掉不看了。特别喜欢看古人在一些书上的批注。如金圣叹在《西厢记》《杜工部集》上的批注，以及《女仙外史》每一章后面的诸多名家批注。即便是吹捧，也非泛泛而论，有其独到的见识。

您有什么样的阅读习惯？会记笔记吗？

蒋子龙：只有读自己喜欢的理论类著作才做笔记，平时基本就是乱读、瞎读，书房的地上堆的书让人进不去脚了。我会集中一两个月的时间只读书。一般小说类的书是快读，由于当过编辑，学会了"一目十行"。有价值的书读得慢，甚至对其中的某些章节反复读。

您最理想的阅读体验是怎样的？

蒋子龙：小时候为躲避下地干活，爬到村外大树上读《三侠剑》《七侠五义》……实在饿了就到枣树上摘把枣填肚子，或者到瓜地挑个瓜灌个水饱，直到天黑看不清了再下树。野孩子，读野书，至今想起来还怀念那种野趣。那个阶段迷恋武侠小说，成天满脑子剑侠梦。但到真正农忙，特别是抢收时，我还是要下地，有多大劲就使多大劲。

天一冷进入农闲季节，吃过晚饭我就带着书到二婶家，大声给乡亲们读书。1954年前，农村的夜晚没有任何娱乐活动，二婶家的炕上炕下坐满了乡亲,里屋挤不下坐在外间屋。二婶把几个干枣烤焦,给我沏一碗枣茶。我趴在油灯下,趴累了就坐起来,背靠窗台,将油灯也放到窗台上。读到有不认识的字卡住,听众就喊:"跳过去,跳过去,意思知道了。"有时我也根据故事的发展胡乱蒙个词混过去。直到我累得声音越来越小,眼皮也快睁不开了,二婶才会下令散场。我自己已经读过的书就没有兴趣再给他们诵读,在二婶家读的有《雍正剑侠图》《施公案》等,最后是平装本的新武侠小说《十二金钱镖》,没读完我就考到天津去读书了。

到以后我自己写小说了,拉出初稿后也喜欢先读给同事和朋友听,根据他们的情绪反应,不用说话我就知道自己小说的毛病在哪儿了。这恐怕跟当年给乡亲读闲书有关系。

在读过的作品中,有发现被严重忽视或低估的吗?

蒋子龙:《三言二拍》,民国时期出过一个精选本《今古奇观》,是中国中短篇小说的高峰。如果说近现代长篇小说无法与古典名著《红楼梦》《水浒传》《聊斋》相提并论,那么中短篇小说能超越《今古奇观》的也不多。

对您来说,写作最大的魅力是什么?

蒋子龙:我是被命运驱赶到这条文学小路上来的,写作使我的灵魂有个出气口。

如果要在您的小说中选一本改编成电影,您会选哪一本?

蒋子龙:《农民帝国》。

（主持人:宋庄）

散文的时代

　　一个显而易见的事实是，现代社会从事写作的人数急剧增加，一个中学生、小学生，甚至是一个五六岁的孩子，转眼就能写出畅销书。更不要说商界中人、政府官员……著书立说，屡见不鲜。这年头，谁不出上一两本书啊！

　　不可否认，现代世界进入了一个"书写时代"。

　　所谓的"信息爆炸""网络统治"，都离不开书写——在纸上，或者在计算机的屏幕上。"信息"的爆炸，其实是文字的爆炸。现代生活中的文字已经多得能够淹没人类。光是"写字"已经远远跟不上需求，到处都在"打字"——你看看，古代"圣人"创造的文字，现在居然需要"打"了！因此，现代社会不得不借助一种叫作"文字处理机"的机器来帮着人类处理日常的文字。这就是说，作为一个现代人最基本的一项技能就得会书写。你不书写就将被别人的书写所淹没。就像哲人所断言的那样：让自己的大脑变成草地一样供别人践踏。在这个文字爆炸的时代,你光是阅读是读不过来的,书写会有助于阅读的选择,写是为了更好地读,并能帮助更好地记忆。

那么,写什么,以及怎样写呢? 写诗太难,写小说太费事,人们想当然地认为散文的方式可以借用。散文曾经是一种非常讲究的文体。最难驾驭的就这个"散"字——要散得汪洋恣肆,还要谨严精美;要散得自由舒张、辞赡韵美,还要意境深邃、夭矫奇崛。过去的散文宁失之矫饰,也绝不平淡浅易。

散文必须是美文。

今日的散文却真的"散"了。散到了最能将就的地步,人人尽可为之,写不成别的东西却尽可以写散文。"儒将"的回忆录,"儒商"的经验谈,"儒官"的发言稿……每天支撑着报纸和杂志版面的多是靠散文。近年来许多纯文学杂志纷纷改头换面,说穿了就是以散文取代小说。于是,文坛上掀起了一股散文化倾向:诗歌散文化,诗人散文化,小说散文化,电影散文化,还有电视散文、摄影散文……文学大散特散,无文不散,不散不文。因之,散文变成了一种并不时髦却普及率极高、从未大红大紫却又最具大众人缘的文体。

多年来,在人们一片"小说不景气""新诗的读者越来越少"的抱怨声中,散文为什么能不声不响地从文学的一支弱旅一跃而成文学的强项呢?

原因很多，先说社会因素吧——现代人心散，神散，情散，事散，作为反映社会生活的文学，出现散文化倾向一点都不奇怪。散文虽散，毕竟还要有一点真情，有一点思想，有一点事实。篇幅可长可短，立意可庄可谐，题材无所不包，天地君亲师，神仙老虎狗……正好适应了现代人的生活节奏，也最为灵活便捷地反映了现代人掩藏在散漫外表下的紧张、浮躁和不信任情绪。

实际上，在这个书写的时代，文学和作家的概念也极大地宽泛了，越来越模糊。而最能体现这种"模糊"和"宽泛"的就是散文。散文本身自然也就"模糊"和"宽泛"起来了。

世界在变，生活在变，人在变，文学在变，老的适者生存，新的应运而生，适应能力最强的散文就成了今天这个样子。这个样子也没有什么不好，其实散文从来就没有停止过变：魏晋辞赋有别于先秦诸子，韩愈能"文起八代之衰"，就是一次大变。欧阳修的丰赡，三袁张岱的自然，龚定庵的峭拔，直至鲁迅的犀利，林语堂的泼俏……散文的写作从未因内容与形式的变化而停滞。相反的，无论哪个时代都出现了自己的散文大师，且不因某个高峰而凝固不前。

眼下似也不必以精英意识把散文中绝大多数作品一概斥为不是散文。值得讨论的倒是：泛散文时代，能不能出现散文大家？

写小小说难在哪儿

像十几个完整而又奇巧的梦。看着别人做梦并不是一件轻松美妙的事情,小小说极为重视主观性,观念胜于叙述。人想要了解自己的大脑是最吃力的。读一两篇,是一种智力的熏陶和享受;读五六篇,兴奋的程度就有所减弱;一气读三十八篇,神奇美妙的魅力一变为心灵的重压。精品应该精读,好吃不能多给,不能用北方人喝大碗茶的办法畅饮广东的工夫茶。当然,北方的农夫要解渴,也不可去求助工夫茶。

这也说明了小小说的特别之处。它更需要优越的智能。小小说大赛——跟其他文学作品评奖活动相比,更像一种智力测验。

写小小说难,难在要有冒险性,拼命追求新、奇、怪、深,追求不同凡响。"步步求险,节节求艰",用不同寻常的方式反映生活,它宁肯容忍偏激,也不能容忍平庸、温和、保守。

写小小说难，难在可得不可求。靠"天机偶发"，突然智来，神来，情来，兴来。它是一瞬间爆发的激情、感觉、思想，是一种智慧的信息。

写小小说难，难在会变形，它更像哈哈镜，不负责映出一个真实的世界。变形就是升华，就是给饺子皮加馅，把面疙瘩揉成面条。

写小小说难，难在靠思想推动情节，而不是靠情节推动高潮。它的尖锐是被一种巧思激发出来的。它侧重表现的是思想的世界，不是外部世界，甚至也不十分推崇感情世界。因此它不太注重故事发展的外在逻辑，破坏传统的情节构成方法。

写小小说难，难在构思第一，力脱窠臼。它不要无本质的现象。它需要的情节是中国女排在争夺世界冠军的最关键的一局比赛中的最后时刻，和对手打成平局；是经过十月怀胎的一朝分娩；是证据确凿的突然逮捕；是输红眼的赌徒摊牌。

写小小说难，难在下笔如针灸。观人于微，观事于微，意境深而微。化雄奇、壮阔、崇高、恢宏为精巧。小形式搞出了大规模。"小"在"大"的上头成"尖"，追求冒尖。笔尖是尖的，刀子是尖的，弹头是尖的，飞得快的和锋利的东西都是尖的。

我陷入小的联想，小的沉思。这是秋的梦，关于小小说的梦想。真正的小小说不一定就是我想的这个样子，各人的梦应该不一样。

读书一二三

物质社会是花花世界，声色犬马，诱惑很多，兴趣繁杂，还有种种压力要应对，一是不想读书，二是哪有时间，所以近年来媒体对国人的阅读现状多有诟病。然明代四大高僧之一的莲池大师有云："人处世各有所好，亦各随所好以度日终老，但清浊不同耳。至浊者好财，其次好色，其次好饮。稍清，则或好古玩，或好琴棋，或好山水，或好吟咏。又进之，则好读书。开卷有益，诸好之中，读书为胜矣！"其实在"精英圈儿里"，时下已在流行一种"新读书主义"：再累也要读书，再忙也要谈书，收入再少也要买书，住房再挤也要藏书，交情再浅也要送书。"主义"不错，却没有涉及当今阅读的最大困扰——读不下去怎么办？广西师大出版网发布了一个"死活读不下去排行榜"，《红楼梦》高居榜首，在榜单的前十名中，中国的另外三大名著以及《百年孤独》《追忆似水年华》《瓦尔登湖》等世界名著也未能幸免。

这并不是阅读本身的问题,心里觉得可读可不读,才会"死活读不下去"。如果从心里认定非读不可,不读活不好乃至活不下去,那是死活都会读下去的。曾国藩将读书看成是"攻城拓地"或"守土防隘",可见阅读是一种征服,不是征服书,就是被书征服。征服不了书,也难于征服生活和命运。读书人多半都有自己一套阅读方法,在不同的时间对不同的书,用不同的方法去读,最常见的有三种。首先是"拜读"。世界上有些书是非"拜读"不能显示虔诚和尊敬,没有虔诚和敬意就很难读通这些书。比如经典,营养丰富,可提供高能量,无论如何都不能不读。人类历来尊重思想家,没有思想家社会就不能进步,智慧得不到开发。而思想家的思想是通过他们的书流传下来的,只要人类还崇尚思想,书就有地位。历史上最严峻的时刻往往产生伟大的作品,是这些作品对时代承担着特别的责任,怀着"拜读"的心境可丰富精神,精神丰富就如同心底里有一片阳光。站在阳光里,心与阳光共同升腾,人生变成一个朝圣的旅程,清静诚实,懂得敬畏。

其次是"闲读"。凭兴趣,读自己喜欢的书,哪怕是没有用的书。顾颉刚就曾花几年工夫研究孟姜女,有人奇怪,问他有什么用,他说没用,就是自己高兴!人的一生,特别是青少年时期,总会有一个中魔似的阶段,疯魔颠倒,不管不顾。记得我年轻时读武侠小说、西方侦探小说入迷,读得天昏地暗,不吃不喝,不困不累,惹得老娘不停地抱怨:这么读书不把人都读傻了嘛!读书是不会读傻的,过了那个年龄段,那种书对我的魔咒会自然解除。到成人后会发觉那种中魔般的经历也是一种快乐、一种收获,人的一生若从没有迷上过什么,生命是不是会显得过于单调和苍白?"书是印刷出来的人类",读一本书就是经历一次别样的人生,书读得多就可以拥有多种经历,与自己的人生衔接,这岂不等于丰富和延长了自己的寿命?读书如读人,得以探访许许多多优秀的灵魂,与各种各样的智士对话,借书的隧道还能回归精神的故乡,发现自己,提升自己。闲读甚至可以达到一种最美妙的境界——恋爱般的阅读。

最后是"苦读"。世界上有些书是爱不起来的,可又非读不可,比如前面提到的"死活读不下去榜单"上的名著,那是死活都得读的!读不下去大致有两个原因。一是看不懂。人光读看得懂的东西还有什么长进?必须要读点看不懂的东西,当时不懂坚持读下去,慢慢会懂。许多读书人都有这样的经历,小时候逼着自己死记硬背了一些完全不懂的东西,以后竟慢慢地懂了,而且随着人生阅历的丰富,理解还在不断加深。其二,读不懂高能量的著作,是因为你本人的能量太低——这是美国心理学家霍金斯说的,他公布了一项研究结果,世界任何事物都是能量的显现,文化产品也不例外,低能量的人读不懂高能量的书。如果坚持阅读,不断提升自己的能量,渐渐就会读懂经典或名著,甚至达到古人所说的"六经注我"的境界。

"垫头"之作

列宁曾将书分为两类,一类可以垫头,另一类只能垫脚。陈忠实盛年发奋,要写一部能给自己垫头的小说,后来诞生了《白鹿原》。作家们无论是否公开讲出来,恐怕没有谁不渴想能有一部"垫头之作"。那么能垫头的是怎样的书,要怎样才能写出这样的著作呢?最近一位多年瘫痪在床的老友,突然拿出一部六十多万字的长篇小说,正面描述盐工的生活,名为《蜘蛛洞》。读过书稿的人都觉得"他有了垫脑袋的作品"。果真如此就表明"垫头之作"的产生是有轨迹可循的,它跟作者的关系并不是寻常意义上的一般写作。

此公自小受盐场生活的熏染,在生命的黄金季节正式投入盐场工作,他喜欢自己的工作,迷恋海滩、盐池,当然还有一个"文学情结",曾写过一篇描述盐滩上一种野生植物的散文《黄蓿红》,当时深得天津文坛泰山北斗式人物方纪的赞赏,鼓励他多写东西,两人结为忘年交。后来阴差阳错地把他调入文艺界,却不是让他写东西,而是让他专抓建文艺大楼。几十年前建大楼,还不像现在这般看上去像搭积木一样神速,再说文艺界建大楼,就如同说评书的真要披挂上阵,在万马军中取上将首级一样,待到大楼真的建成了,他已年近花甲。多年身在文艺界,却又远离文学创作,朋友们不无惋惜,认为那栋大楼可能就是他此生的"代表作"了。渐渐身体开始出问题,雄健粗壮的体魄逐渐消瘦,原本能大块吃肉,大碗喝酒,且量大能容,总给人以铁汉的印象,竟变得这儿疼痛、那儿难受……他无法忍受身体不给自己做劲的感觉,先是将两个膝盖摘掉,换成钢的,然后又在心脏上支了几个架,他不能让自己活得不痛快,总想一劳永逸地根除病痛。而根除病痛最快捷的手段就是动刀子,他迷信手术,这儿一刀,那儿一刀,拉来拉去把自己拉得只能坐轮椅了,轮椅没坐多久干脆瘫痪了!他似乎并不后悔,但他注册信箱取名"WUHEN","无恨"就是有恨,至少曾动过恨意,但不能恨、无法恨,与其恨自己或恨命运,莫如将恨意转化为创作力。

只要不让悔恨磨灭了自己的灵感,人就不会颓废。何况有些灵感是值得用生命去兑现的,身体没有了知觉,疼痛也就没了,他终于与自己的身体和解,于是开始写这命中注定属于他的长篇小说。如果不站到他面前,只是通电话根本感觉不出这是个瘫痪在床的人,声音洪亮,思维敏捷,仍然保持着旺盛的生命力,积极地拓展自己的精神生活。其实他是在用更痛苦的写作，转移精神上的巨大痛苦，在别人看来他人瘫架子不倒，依然是硬汉，其内心忍受的痛苦，却要比成天哼哼唧唧要死要活的病秧子不知大多少倍。但变换心境就是变换生命，写作也是一种忽略，一种忘记，忽略自己的现状，忘记自己的身体，从现实中叛逃，专注地守望精神。有人看他写得太苦、太难，曾劝他放弃，现在的文学还值得这般玩儿命吗？他觉得一个原本就没有成果的人，连放弃的东西都没有，只有真正努力过并对自己充满信心的人，才有资格谈放弃，才有真正的放弃。

正是这巨大的磨难成就了他，给了他成功的机会，写作欲望强烈而坚韧，小说中的人物和故事，催赶着他爆发出一种非写不可的热忱和冲动，情绪饱满，文思酣畅，上至清廷极其庞大而复杂的官场，下至烧盐的灶户及盐匪、渔霸，人物众多，关系错综复杂，故事里套故事，正写与倒叙，插科与打诨，纵横捭阖，跳跃自如……

其实"垫头之作"并不是想写就能写出来的，有时拼了老命也无济于事，却需要用生命写生命里有的东西。人类写作的意义就是"通向本相"。但文无定法，能垫头的作品并没有统一的标准，"头"不一样，对作品的要求也多种多样，能垫这个"头"的，不一定垫得了那个头。而经典是可以垫起民族之头的。

文学艺术的用武之地

几十年前,一些作家认为"讲故事的小说"已经落后了,因而有意打碎故事,甚至摒弃故事。几十年过去了,故事不仅没有过时,反而更加受到重视,更加丰富和多样,那些放弃故事的创作却越来越无人问津。事实证明,小说不能没有故事,小说魅力就在于故事。

对故事的喜好,是人类深层次需求,更是人类生活不可或缺的"刚需",尤其社会发展瞬息万变,紧张工作生活之余,人们需要在故事中放飞心情、安顿思绪,这就是文学艺术的用武之地。创作者最大本事就是讲好故事,最大困境就是缺少好故事。

通过文字,人类本质力量得以对象化,栽培出灵魂的花朵,文字能超越现实生活,超越人与人之间、文化与文化之间的隔阂,在心灵上实现共鸣。

人类对故事的需求永不满足

曾有一段时间有人担心文学边缘化。作家格拉斯说,文学正在从公众生活中撤退。人们之所以有这样的议论,跟小说从故事"撤退"有关。一些作家认为"讲故事的小说"已经落后了,因而有意打碎故事,甚至摒弃故事,想怎么写就怎么写,写到哪儿算哪儿。他们的尝试不能说没有探索价值,但以此为时髦跟随其后的不少作品变得"魂不守舍",行文芜杂模糊,有的靠聪明劲儿写一个"点子",小情小趣,鸡零狗碎,甚至以夸张、怪诞、出位表现深刻,却组织不起一篇完整的具有"致命诱惑力"的故事。这样的小说连读几篇,让人恍恍惚惚不知今夕何夕,不仅没有意思,更谈不上有意义,以致读者大量流失。

几十年过去了,故事不仅没有过时,反而更加受到重视,更加丰富和多样,创作者动用各种艺术形式和艺术手段,千方百计把人们带进故事王国,那些放弃故事的创作却越来越无人问津。事实证明,小说不能没有故事,小说魅力就在于故事,不是小说边缘化,而是放弃讲故事的小说边缘化了。

人类迷恋故事,故事养育人类。人类的诞生、社会的变化,农耕、狩猎、营造,迁徙、征伐、兴衰,生老病死、喜怒哀乐、爱恨情仇,统统保存在故事里。繁衍至今,人类留下多少世世代代念念不忘的故事。盘古开天辟地、女娲抟土造人、后羿弯弓射日,在讲好故事上,先人已经为我们树立了榜样。经典是故事,神话是故事,历史是故事,人类总是在热切地渴慕故事,对故事的需求永不满足。地球上每一天不知有多少故事在创生、在流传,书籍报刊、音乐戏剧、电视电影、网络小说都盛满故事,每个人一生都要花大量时间在故事中度过……难怪有人说,故事艺术是文化的主要力量,一种文化的进化离不开诚实而强有力的故事。

"活着就是为了讲故事"

什么是艺术?艺术就是沉湎于故事的仪式之中,在故事中释放生命情感,寻思生活秩序,思悟人生真谛,由此达到一种认识、情感、意义的满足。

想想托尔斯泰的豪言壮语:活着就是为了讲故事!编剧罗伯特·麦基说,一个作家75%精力要放在写故事上。昆德拉将小说分成三类——叙事的、描绘的、思索的,哪一种小说里没有故事?无非是故事表述方式和结构方法不同。中国四大名著自诞生之后,先后被改编成数百种戏曲作品,在戏曲界有"三国戏""水浒戏""红楼戏"之分……经典中故事之密集、叙事之结实,令人惊叹。即便另类如《变形记》,主人公格里高尔早晨醒来突然发现自己变成大甲虫,不也是故事吗?这部小说之所以能成为经典,和这个故事的冲击力脱不开关系。并不是只有叙事的小说才需要故事,所谓思索的小说,也要有一个血脉和框架,才能把这一堆东西框住,不能漫无边界,东一榔头西一棒槌。这个血脉和框架,实际上就是故事。故事是小说叙事的架构,是思想的载体,为描述提供支撑。没有故事这个筐,没法往里面放人物、放情节、放精神,就不成其为小说。

前些年流行的网络段子,其实某种程度上是以最经济的方式回应人们对故事的需求。智能手机出现之后,人们读故事或者看新闻就更方便了。故事不仅可以化身小说、电影、戏剧,形式多样,让人们百看不厌;故事还具有形象、生动、润物无声的优势,比新闻更耐人寻味。小说家的使命就是把今天的新闻和过去的历史升华成故事。问题是,在资讯海量的今天,作家如何找到自己的故事? 怎样把握社会的脉搏?

搞创作,"笨"也是一种天赋

的确,时代生活多样庞杂,社会变化日新月异,现实生活在丰富性上永远大于文学创作,但不管它多么丰富、怎么变化,也不能代替文学,不能代替心与心的交流。越是在资讯海量的今天,越需要创作者诚实面对自己,在感知生活、感知社会过程中感知和捕捉自己的心跳,如此才能将心比心,跟读者、跟整个社会的心连在一起。过去一位老编辑跟我讲,写作时千万不能忘了身后有读者站着,你自己感动还不算,得让读者也感动,这才算把个人感悟跟社会神经搭上线了。我年轻时也写过戏,导演要求我写台词时,一定要面对观众,摸准观众喜怒哀乐,观众才会沉浸其中,随剧情发展有哭有笑。因此,有经验的作家写作时,一定要把自己分裂成两半,一半是演员,另一半是观众。

大家都有年轻时读小说着魔的感受,故事就像"魔咒"一样将受众的心和创作者的心紧紧联系在一起。古人认为音乐、舞蹈有沟通天地的神奇力量,仓颉造字的时候电闪雷鸣,文字之所以成为"神来之笔",就是因为通过文字,人类本质力量得以对象化,栽培出灵魂的花朵,文字能超越现实生活,超越人与人之间、文化与文化之间的隔阂,在心灵上实现共鸣。好故事走遍天下,好的文学通过故事穿透不同人群,形成公共阅读,改变社会生活。与此同时,艺术创作也有个严酷规律:"一声不响地大规模淘汰。"大量作品缺乏故事"硬核",虽然看上去很热闹,研讨会上好话一大堆,热闹一结束生命也就到头了。只有讲好故事,小说才能走出小圈子,成为人们共享的精神财富。

故事写作是有路可循的。金圣叹用两个字来概括写作才华:"材"与"裁"。"材"是你自己是什么材质,掌握的素材是什么性质;"裁"是剪裁,是结构故事的能力。要我说,"材"和"裁"都重要,但很多作家缺的不是这两种准备和能力,而是一种"笨"的天赋。

对创作者来说,"笨"有时也是一种天赋,必须得有一种"活着就是为了讲故事"的信念和坚持,才能不断走出生活舒适圈,向广阔现实不断开掘,永远在发现的路上、在创造的路上。司马迁在写《史记》前,差不多把自己要写到的重要地方都走过了。苏东坡说自己平生成就在黄州、惠州、儋州,他最好的作品都是被贬到这三个地方时写的。李白、杜甫、柳宗元、刘禹锡、王昌龄、王阳明更是行走派,或是躲避战乱、远谪他乡,或是主动走遍大山大川,行走成全了他们的文学世界。白俄罗斯作家阿列克谢耶维奇为写作采访了三十多个国家的数百人,故事根基深厚,这些故事在她的笔下以纪实文学的形式影响着世界各国许许多多读者。美国作家爱默生有言,谁能走遍世界,世界就是谁的。这一招很笨,却颠扑不破。

在写作低门槛的今天,经历往往就是财富,差异往往就是优势,行走是防止灵魂麻木的灵丹妙药。行走会有奇遇,遇奇人,遇奇事,李渔说"有奇事方有奇文",奇不是奇怪,而是新鲜、独一无二、绝知此事要躬行的体验和心得。行走的另一个好处,是激励和保持对世界的好奇心、对生活的新鲜感。在行走中,保持灵魂活力,故事才能在人心里生长,才能别具"新材"和"心裁",为读者提供独一无二的文学体验。

书是精神的阳光

每个人的命运都取决于他与书的关系

发生在图书馆里的一个真实事件:一个大学生用斧头砍死另一个正在阅读的大学生。这件事非常典型,在"天堂"里杀人。这个人不可以进天堂,他是要下地狱的。这个案例典型地说明,现代的人包括大学生对图书没有敬畏感。每个人的命运都取决于他与书的关系。现在中国有93%以上的人识字了,为什么识字的人多了,有文化的人却少了,读书的人少了? 甚至有的人读到高中,读到大学了,他还不知道自己的命运与书的关系。这一点非常奇怪。因为我是作家,要了解社会,了解现代人。读书是极端个性的事情。就我来说,我进图书馆是从初一开始的,我有两个借书证,有时可拿出四个借书证,拿上我同学的借书证,每周必去,读了很多书。命运由此改变。所有人都是,不读书的人是一种命运,读书好的人是一种命运,读书不好的人是一种命运。所有人都是,现在也是。从那个时候起,我就觉得书太厉害了,自从人类有了书之后,人的命运与书的命运有了纠缠。当文字组成了书之后,这本书就有了自己的生命。中国远古的河图洛书,到现在为止,没人能解释清楚。我们古代封建社会对书的纠结——提倡读书,然后又怕书。人类又恨书又怕书,又离不开书。是人折腾书还是书折腾人?我认为是书折腾人。在整个封建社会里,维系社会意识的是书,是诗书继世长、忠厚传家久。

书是精神的阳光

书维系社会,书维系社会的精神,是精神的阳光。假如没有老子孔子,和以后的书,我们的精神将是一片黑暗。书是精神的阳光,不是食粮。书是可以延续人生的。我们人生最长不过百岁,我们不读书,人生会很单薄。如果从小学开始读书,读各自不同的人生,这种经历会进入你的大脑,扩展你的人生。比如《红楼梦》中林黛玉、薛宝钗、王熙凤,《三国演义》中人物等等,各种性格,五花八门,都会进入你的大脑,进入你的内心,进入你的灵魂。一下子,你对世界、对人生的一切看法都变了。所以,作家第一重要的就是读书。不会阅读,绝对不会写,跟练武一样。读书要趁年轻,或者在四十岁之前。我在四十岁之前读的书与之后读的书,效果完全不同。要想博学,只有年轻时拼命读,让文化融在血液里。成就一个人一生的基础就是读书。小学中学和大学时读书、四十岁之前读书、四十岁以后读书,差别太大了。有学问的就像钱锺书那样,他读书就到清华北大图书馆去拿。对某本书特别感兴趣,就要拼命地读下去。我见过钱锺书的一个细节,钱锺书与曹禺的故事。有次曹禺遇到一个问题,去求教钱锺书,关于西方写两性关系的小说怎么写,问一首诗,记不住书名了,钱锺书没有说话,拿出一张纸来,一串一串地写,一页写满了,全是用英文写的二十本世界相关小说。这叫学问,我都看傻了。我不写小说,对不起文字。写小说,我读了好多书,读了不少野书,当然也读了好多哲学书。我写《农民帝国》写了十一年。是现学,我想写一部有点哲学意义、有点思想的。为什么中国农民老在转圈?为什么我们的制度总是断层?现在好多贪官,跟过去的土地主有什么两样?现在旅游界有个热语,叫"停一停,等等灵魂"。现在全国旅游,造成了一种浮躁。就是有人认为行万里路就可以不读书了,不去读万卷书。过去是读万卷书在前,然后行万里路。现在旅游,上车睡觉,下车拍照,回家啥也不知道,是不带魂的。现代人的身体与魂是两块,与不读书有关。

假装读书是骗自己

我们各城市都在举办读书日、读书节，每到这时候，我们这些人都被请去讲读书的意义。与国外相比，差距还是很大——不及犹太人人均读书量的1/10，不及欧洲人均的1/4，美国人均20多本，韩国人均14本，日本人均17~18本，我国是人均4.5本。为什么？假装读书的多。谁认识到了书与命运的关系，谁就会过上有意义的人生。读了大量的书籍之后，这些都会融入你的血液里。对我的孙女，我要求她学习成绩不要进到前五名，特别不要到前三，一个班四十人，就到前二十名，但书要读，大量地读，每月每年读多少，然后逐渐增加，读不下去也要读，逼着读。古今中外的名著都得读完，不认识的字查字典。我告诉她不读这些书，爷爷不高兴，告诉她爷爷最大的遗憾是没有上大学。她听进去了，考大学没问题，考的是香港大学。现读大三，去年与我聊到，当初逼她读的书非常好，知识面特别广，现在担任学生会主席，担任好多社会职务，都非常轻松。对于用英语授课，与外国人交谈，能有自己的看法，很自信。而且关键的好处是现在有阅读习惯，多亏小时候打下的基础。所以高中、大学，趁年轻，你不管压力多大，要多读书。每年到暑假，有些孩子的作文要我改、看，对付应试的，我有王牌，我的王牌不是因为我是作家，而是读陶渊明、苏东坡,这俩是"万金油"。陶渊明,写田园诗,你不能说他怎么样,苏东坡人见人爱,中国人都喜欢。搞熟、读透这两个人,高考作文题是有用的。我发现,读课外书多的,平时阅读的,作文不成问题。现在社会有个问题,就是大家拼命地在耗着,表面在读,假装在读。为什么?就是没有体会到读书对自己命运的关系。读书不是任务,不是欺骗。欺骗,一般地说是骗别人,骗社会,骗领导,骗钱骗物。假读书,骗自己!

读书与读手机不是一码事

你们老谈读书,忽略了一个问题,读手机也是读书,那是电子书。这个说法不对,美国科学家根据手机现象,做了调查——手机阅读的最高耐力不会超过四千字。

还有,读手机是了解信息,你读了一篇还会惦着下一篇,再下一篇是什么,书不一样,就是这一本书。

比如你读《老子》这本书,它就是《老子》,你不会好奇还有什么书,没有了。所以一本书可以长时间地阅读,一直读到你疲倦到不想读,或者再读别的什么书。

手机有多少有用的?读书与读手机不是一码事。一般是了解八卦,或别人不知道的你知道,逞口舌之快。记住这些东西,反而忽略了好多藏在书里的好的东西。

精英都是爱读书的

看一个人读什么书,就知道他是什么人。

周作人有句名言,不许任何人进他的书房,因为进了他的书房,他的老底就被别人知道了。

看一个民族有多少人读过什么书,就知道这个民族的底细。所以读不读书,是灵魂的差异。

但是,我对当前这种现象有一个看法,我不赞同举办什么读书节。在大家都不读书的时候,读书的人特别沾光。你随便挑个精英,他都是读过书的,如新东方俞敏洪,他都是挤出时间读了几百本书。现在的大学、硅谷、航空的那些科学家,美国人到月球上走的,发信息的,那些人都是读书的。真正有智慧的家长,都会让孩子读书。

不妨编一个《干部读本》

我经常接触基层干部,恕我直言,对他们有多少人有经常读书的习惯,却无认知。我也曾随意做了些调查:"你平常读书吗?读什么书?"回答有如下几种:一、"倒是想读书,可哪有时间呀!"二、"哪能不读书,一般都在晚上,但看不了两页就发困。"三、"只看一看上边发的书,那是为了工作需要,好多年没有自己买书读了。"四、"不知道该读什么书,要不给咱推荐几本。"……这使我想起"文革"前,不同的时期会有不同的《干部读本》问世。毛泽东主席也经常会根据形势需要向领导干部推荐书目或文章。以前"日理万机"这个词似乎只能用在周恩来总理身上,其他干部都不能说忙得连读书的时间都没有,因此上级对干部就有读书的要求。而现在,哪一级干部都似乎称得上"日理万机",因此便没有哪家出版社再编辑出版《干部读本》了。我斗胆想给那些想读书又不知道读什么书的人,编一个"初级读本"。首先,要选择一本能吸引自己的书,读出兴趣,爱上阅读。读书如恋爱,没有尝过恋爱的滋味,岂不是人生一大遗憾? 即曾国藩说的:"用功不可拘苦,须探讨些趣味出米!"喜欢古典的可读《今古奇观》《东周列国志》试试,喜欢浪漫狂放的有梅里美,喜欢故事的有雨果,喜欢智慧的有爱默生……总之要让自己遭遇一场迷恋般的阅读。投入使人单纯,单纯使人快活,快活使精神飞翔起来,从渴望到渴望,灵魂会开出花朵,骨子里有种善,被阅读滋养的精神,饱满芳香。在强调硬心肠的竞争社会,读文学经典能保持心的柔软,有助于克服当下流行的霸气,免得一张嘴都是文件语言和政治套话。这也是当年毛泽东主席批评过的,语言无味,面目可憎。其次,选读一些人物传记。现代人都渴望成功,能干成点事,喜欢哪类人物就选哪类的传记,想了解中国历史人物,有《史记》可供选读或全读。古今中外各种有味道的人物很多，传记也很多。再次，以清代文学家张潮的观点，冬宜读经，可专心；秋宜读诸子百家，有情趣；春宜读诸集，心智机畅；而夏天最适合读史，天长有时间。现在的干部都很年轻，越年轻越要多读史书。历史上最严峻的时刻往往都产生过伟大的作品，是这些作品对历史和现实承担着特别的责任，跨越时间和空间，记录历史，传播思想，保存知识。读史让人清静诚实，懂得敬畏，知道自己的斤两。最后，关心热点，了解流行。书的动态表达了一种精神上的社会现实，本就是干部应该掌握的。现代人都知道，摄足必需的营养，比吃得很多更健康。同样的道理，有所成者是读了有用的书，未必是读了很多书。可是，不读很多书，又怎么知道哪本书有用？书的作用跟读书人的自身修为成正比，读者修为越好，从书中获益越多，反之亦然。不投入智慧就无法吸纳智慧，一本书就像一根绳子，只有当它跟捆着的东西发生关系时，它才有意义。所以读书需要体认，即"欲读天下奇书，须明天下大道"。

辑二　历史的成全

共和国"长子"情结

　　现代人已经习惯于虚实结合、自由转换的生活,一方面经常捧着手机满足对虚拟世界的渴求,一方面又喜欢一个个的聚会,享受真实的快乐。前不久我带着一种近乎急切的心情,参加了天津重型机器厂的同事聚会,竟动心动肺,自始至终情绪亢奋难抑。工厂曾是大家的"命运共同体",六十多年来人事沧桑,世道巨变,二百多位早已退休的老同事骤然相见,大家都觉得格外亲近,岂是"快乐"所能概括?

　　共和国成立之初,社会上的认知是将经济分为重工业、轻工业、商业、农业等等,而重工业是国家的脊梁。于是国家的第一个五年计划确定了"156项工程",以重工业为主。那个时候人人都公忠体国,热血千秋,对重工业有一种极高的热情,认为国家要强大,想在这个多事的地球上挺直民族的脊梁,就要率先发展重工业,并把这156个大企业称作"共和国长子"。我所在的重机厂,也在这"长子"之列,观察眼前的老同事们,似乎至今还怀着浓烈的"长子情结",以厂为荣,以自己是天重厂的一员而自豪。有不少人竟然特意穿着工作服来的,洗得干干净净,还带着明显的折叠印迹,左胸印着两个醒目的仿佛浇铸而成的字:"天重"。过去天重人都是留一套工作服做"逛服",节假日逛街、看戏看电影穿,常会吸引周围羡慕的眼神。当时甚至流传着一种说法,年轻人穿着天重的工作服相亲,就算打了保票。

大厅里人声鼎沸,每个人都想说话,也都有话要说,或站到前面大声说,或在座位上小声说,主题却只有一个:说天重,回忆自己亲历过的辉煌。当时社会上流行一句话——"工人阶级当家做主",在理论层面上可以这样说,在实际生活中哪有人真拿自己当"主人",国家那么大,你怎么"主"?都想做主那不乱套了!只有工作,才标志着一个人的身份,能够证明你是谁,你在社会上的地位。因此那时候人们不是谋职,职无须谋就有,而是谋志,工人理所当然地把自己的工作跟国家联系起来,志气标拔,内心畅满,有时还会实实在在地"以厂为家"。1959 年初,我在太原重型机器厂实习结束,回到天重,住在工厂的单身宿舍,宿舍里住着四个人,只有我是单身,那四个人的家都在外地。每个人就是一张床,床下塞着书籍和一些简单的日常用品。那时候人活得简单,家当也少,就是到睡觉的时候回宿舍,其他时间便常在厂里,喜欢玩的有俱乐部,喜欢钻研技术、想搞革新的在车间里鼓捣,喜欢读书的

52

厂里有夜校、有图书馆。单身宿舍和家属宿舍在一起,都在工厂的边上,车间里有了紧急情况,到宿舍区喊人也非常方便。那真是厂就是家,家就是厂。后来有人把"以厂为家",当成说大话、喊口号,是因为没有在20世纪50年代的大企业里工作过。那个时候工作是精神寄托,能享受工作的乐趣,人生就大圆满。

有一天的中班,天车在吊装一根转子时,把24米热处理炉的内壁撞坏了一大块,连同几个烧嘴都毁掉了,工长下令立刻关闭所有烧嘴,打开炉门,将所有处理件都吊出来。按常规检修程序,要等炉温降到能进去人的时候再修理,可那批正在保温等待处理的锻件就得报废了。车间值班主任派人到宿舍去喊大工匠崔师傅,同时指挥人准备好检修工具和器材,到库房领来几条厚麻袋,用刀子裁开,放到水龙头下浇透。等着掌管温度表的工人报出炉内温度已降到270度的时候,崔师傅将湿淋淋的麻袋片往自己脑袋上一披,就钻进了炉膛。外面有人掐着表,到5分钟的时候第二个工人披着新的湿麻袋钻进去替换崔师傅,每个人在炉膛里不得超过5分钟……270度啊,时间一长人就被烤熟了!

就这样一个个地轮换着,当班就抢修好了炉子,也没出废品。那一根发电机转子若是报废了,可是大事故。炉子修好后,三位师傅的脸除去有些涨红,还有点干了一件漂亮活以后的兴奋,都没有被烤伤,来不及喘口气就赶紧忙乎着装炉升温,触发了我内心对生命神秘力量的感动。工人身上确有一种自然而然的由灵魂的力量产生的工作责任感,或者叫职业道德,将种种操作规程以及"三老四严""四个一样"等变成习惯,甚至成为一种信仰。而信仰又是具体的,天重厂有着近万名这样的工人,数十年来就这样兢兢业业、殆无虚日地持守着"共和国长子"的责任。

可惜的是崔师傅作古了,但跟在他后边钻进炉膛的张师傅来了,已经七十多岁,气色不错,发福了。他说我还是那么爱发感慨,其实钻炉膛抢修是本职工作,也就是"手艺道"。讲究"手艺道"是一个好工匠的律条,手艺就是技术,技术是有"道"的,耍手艺是凭技术吃饭,必须尊道、重道,干出的活儿要对得起自己的手艺。那时老工人教训技术欠佳或干活不着调的青年工人,最常说的一句话就是"对不起手艺道""不讲手艺道"……于是大家的话题又转移到天重厂从上到下对技术上的重视。先要归功于首任厂长冯文斌确立的技术型厂风,打下了一个好底子。天重招收的工程技术人员,都是毕业于"金牌大学"或"银牌大学"的拿手专业,如清华、南工以及哈工大的铸造,天大的精密仪器专业等。有些重要技术岗位上的负责人是他亲自考察后调来的,总工程师是留美的冶炼博士,国内钢铁界数得着的人物,是冯厂长给周恩来总理打电话从别的单位挖来的。有人怀疑,周总理还管这种事?我证实确有此事,后来我给冯厂长当过秘书,亲耳听着他给周总理打过电话,不过不是要人,而是要一种当时国家紧缺的金属材料,当时天重生产一种国家急需的设备,没有这种材料不行。不要说是这种火上房的大事,再具体的事当时的周总理都管。我在西固翻阅《兰州石化公司史话》,里面有个细节,1959 年 10 月周总理视察也是"共和国长子"的兰州石化,登上了炼油厂 78 米高的钢架顶层,得知二车间的优秀女工程师胡菽兰,多年与丈夫两地分居。下了钢架总理当场就给当时的辽宁省委书记黄欧东打电话,希望他支援西北建设,帮助协调一下将胡菽兰的丈夫从东北工学院调到兰州来……

1959 年的 9 月底,离国庆节还有三四天的时间,天重厂的 2500 吨水压机刚安装好还在调试,就接到第一机械工业部的急件,要锻造 95 根五拐重型曲轴,为重型坦克和舰船的发动机配套。下达任务后冯厂长就来到 2500 吨水压机跟前,前前后后看了一阵,问了一些问题,转身到锻压车间办公室搬了把木椅子,在水压机跟前找了个不妨碍工人干活的地方就坐下了。不想这一坐就是三天三夜,没见他闭过眼,甚至没打过盹儿,只是每天夜里十二点之前到大食堂转一圈,看看为夜班工人准备的饭菜怎么样,自己也顺便买点吃的。三天里他也几乎没怎么说话,不插嘴,也不插手,但所有跟生产曲轴有关的技术人员以及管理干部全来到水压机现场,试生产的过程中无论出现什么问题都是现场解决。冯厂长对管理干部要求之严格是出了名的,比如在每周一的生产调度会上,几十个生产车间和科室会出现各种各样的情况,每个问题的解决都会落实到一个单位或一个人身上,这个单位或个人如果没解决好问题,就不敢再见冯厂长。一位管冷加工的科长,一听到冯厂长召集会就习惯性地神经紧张,先要往厕所跑……好像级别越高的干部越怕他。可在我的记忆里,却从未见过冯厂长发脾气,真是怪了!

　　三天后,3.8吨的五拐曲轴试制成功,主管工程师和检验员按图纸要求反复核查后,才敢向厂长报喜。当时的流行语"质量就是生命",那个年代的产品质量确实体现了民族的素质。看着眼前曲里拐弯的庞然大物,冯厂长没有显得多么兴奋,只是脸上的线条一下子全顺畅了。他当即对锻压车间主任和锻冶科科长下令,恢复正常的三班生产秩序,锻冶科要派技术人员轮流跟班,等锻造工艺成熟了再撤。派一辆卡车,拉着曲轴参加市里的国庆十周年大游行。开卡车的是小郭,平时给冯厂长开吉普车的司机。大出我意料的是让我坐在副驾驶位子上押车,记录游行盛况,特别要留意大家对曲轴的反应。第二天早晨还不到五点,小郭就把我喊起来了,曲轴系着大红的丝带,已经固定在卡车上,我们来到市里离中心广场还很远就停下排队等候。一开始我还挺兴奋,熬到九点多游行还不开始,不知怎么就睡着了,再醒来时游行已经结束,小郭拉着我和曲轴又回到了车间。我埋怨小郭故意使坏,游行开始为什么不喊醒我?他说喊不醒我,他要掌握车速车距,心里也很紧张,不能为我分神。车间主任害怕挨批,让我自己去跟厂长汇报,冯厂长已经知道我睡了一路,一见我紧张的样子哈哈大笑,让我回宿舍好好去睡一觉,什么时候睡醒了什么时候再上班。

天重厂的元老刘延宁接着我的话说,冯厂长从来不直接批评工人,即使工人有错也让他的头头说清楚。刘师傅是 2500 吨水压机的守护神,不到三十岁已是四级钳工,属于那个年代工厂里才华横溢的人物,自然也是冯厂长的爱将,后来成了人人艳羡的车间技术权威。他的两手拇指短而粗,前端发达得像个小榔头,干活时极端灵巧有力,十分显眼。骨子里也有股清傲之气,极有个性。那个时候厂里业务上拔尖的人物似乎都很有个性,有人私下里说是被冯厂长惯的。精加工的"旋床李",上班不穿工作服,上身永远是一件雪白的衬衣,干一天活下来,比别人干得多,活也漂亮,白衬衣还跟刚上班时一样干净,不会沾上一个油污点。有人提意见说他违反操作规程,工长理直气壮地为他撑腰:你们谁的活若是干得跟他一样漂亮,也可以穿白衬衣上班。

即使在破坏力最强的"文革"期间,一吨锤班长吕云集,不参加任何造反队,也不买造反派的账,造反派掌权了还得让他当班长。因为他的技术像他的个性一样强,脑瓜格外好使,手底下利索。车间是生产单位,不论谁掌权都得干活,"促生产"终究要比"抓革命"的时候多。造反派夺了厂部的大权,却没有夺车间生产骨干干活的权,他们无论是"逍遥派"还是"保皇派",照样是生产一线的班组长。不管造反派怎么折腾,工厂还能照常运转,全靠他们。我们车间还有个资本家王义礼，以前是自己开铁工厂的，因手艺好越干越大，公私合营后合并到我们厂。他本人被评为八级锻工，是车间里工资最高的大工匠，谁有干不了的活都请教他，他似乎也从来没有被难倒过。在有些刚进厂的徒工眼里，他是神一样的人物，反倒没有多少人在意他的身份，心里说不定还羡慕他每月能拿一百零八元，那时候这可是一笔巨款。过去连冯厂长到车间来，都会客客气气跟他打招呼。

我的遭遇也很有戏剧性，冯厂长调走后我被打成"反革命修正主义黑笔杆子"，从厂部贬到属于"特级重体力劳动"的锻压车间"监督劳动"，听起来是很大的坏事，实际上是技术性重体力劳动救了我。一段时间后我能掌钳子在一吨锤上独当一面了，在生产一线技术上一顶饿了，人就有了尊严。班长正是吕云集，对我的"监督"变成只是拿着卡尺检查我打出的锻件尺寸。渐渐地我开始享受劳动带来的快乐，这种快乐醇厚而又纯粹，是一种全身心的轻松，还伴有一种默默的自信，是手艺人在从事技术劳动时才会有的感觉，可以慰藉受伤的心灵，营养精神。那情景非常奇特，无论春夏秋冬，一上锤都要穿着厚厚的帆布工作服，一火下来通身湿透，身上在出大汗，心却获得了安宁。"被监督劳动"反而让我真正喜欢上了劳动，这或许是我极特殊的体会，但学手艺确是会上瘾的。好工匠都是干活上瘾，越是难干的活，越是废寝忘食，处于痴迷状态，几乎是一个真正工匠的共性。1970年，天重厂自己又制造了整个华北地区唯一的一台 6000 吨水压机,以满足国家重型机器制造业的需求。当时的国家领导人以及诸多外国元首,一个接一个地来天重厂参观视察,感受 6000 吨压力沉厚深奥的气势,它象征着天重万名职工用整体人格向世界说话。

每个人刚一走上社会,进入一个什么单位、碰上一个什么样的上级领导,对这个人的一生影响非常大。我如果不在天重,或许就不会从事创作,即便写小说也绝不会是现在这样的风貌,因为我小说里的灵魂、生活、人物、气韵等都来自天重,冯厂长就是我小说中"乔厂长"的原型。我说是天重厂成全了我的写作,老同事们则说,在座的哪个人不是天重成全的? 聚会大厅变成欢乐之海,天重厂无疑是这场大欢乐的背景和基础,每个人心里都怀着相同的"天重情结",或者说是"大厂情结""长子情结"。刘师傅和老伴育有两女一男,散席时小女儿开车来接他们,与母亲一边一个挎着他的胳膊下楼。刘师傅威风凛凛,一脸享受。

岁月侵人不留痕

童年就是天堂

天堂往往被神话故事描绘得云遮雾绕、虚无缥缈,没有绿色和人间烟火。我所经历过的天堂恰恰相反,那里是一片绿色,而且是一种生机勃发的翠绿,富有神奇的诱惑力和征服性……差不多人人都有过这样的天堂——那就是童年。

童年的色彩就是天堂的颜色,它为人的一生打上底色,培育了命运的根基。因此随着年纪的增大,会更加向往能再次躲进童年的天堂。

我儿时的冬季是真正的冰天雪地,没有被冰雪覆盖的土地被冻得裂开一道道很深的大口子。即使如此,农村的小子除去睡觉也很少待在屋里,整天在雪地里摸爬滚打。因此,棉靴头和袜子永远是湿漉漉的，手脚年年都冻得像胡萝卜，却仍然喜欢一边啃着冻得梆硬的胡萝卜一边在外面玩耍：撞拐、弹球、对汰……

母亲为防备我直接用棉袄袖子抹鼻涕，却又不肯浪费布做两只套袖，就把旧线袜子筒缝在我的袄袖上，像两只毛烘烘的螃蟹爪，太难看了。这样一来，我抹鼻涕就成"官"的了，不必嘀嘀咕咕、偷偷摸摸，可以大大方方地随便随抹、左右开弓。半个冬天下来，我的两只袄袖便锃明瓦亮，像铁板一样光滑刚硬。一直要到过年的时候老娘才会给我摘掉两块铁板，终于能看见并享受到真实而柔软的两只棉袄袖子。

春节过后，待到地上的大雪渐渐消融，最先感知到春天讯息的反倒是地下的虫子。在场院的边边角角比较松软的土面上，出现了一些绿豆般大小的孔眼，我到阳坡挖一根细嫩的草根伸到孔眼里，就能钓出一条条白色的麦芽虫，然后再用麦芽虫去捉鸟或破冰钓鱼。鸟和鱼并不那么容易捉到，作为一种游戏却很刺激，极富诱惑力，年年玩儿，年年玩儿不够。

二月二"龙抬头"之后，大地开始泛绿，农村就活起来了。我最盼望的是榆树开花，枝头挂满一串串青白色的榆钱儿，清香、微甜，可生吃，可熬粥，可掺到粮食面子里贴饽饽，无论怎么吃都是美味。农村的饭食天天老一套，能换个花样就是过节。这个时候又正是农村最难过的时候，俗称"青黄不接"——黄的（粮食）已经吃光，新粮食尚未下来。而农民却不能不下地干活了，正需要肚子里有食,好转换成力气……

一提到童年的天堂,就先说了这么多关于玩儿和吃,难道天堂就是吃和玩儿?这标准未免太低,也忒没出息了,让现在的孩子无法理解。现代商品社会物质过剩,食品极大地丰富,孩子们吃饭成了家长们的一大难题,家家的"小皇帝"们常常需哄着吓着才肯吃一点儿。在我小的时候,感觉肚子老是空的,早晨喝上三大碗红薯粥,小肚子鼓鼓的,走上五里路一进学校,就又感到肚子瘪了。可能是那个时候农村的孩子活动量大,平时的饭食又少荤腥多粗粮,消化得快,肚子就容易饿。容易饿的人,吃什么都是享受,便觉得天堂不在天上,生活就是天堂。而脑满肠肥经常没有饥饿感的人,饥饿也可能成为他们的天堂,或是通向天堂的阶梯。我记得童年时候每次从外面一回到家里,无论是放学回来,还是干活或玩耍回来,第一个动作就是趸摸吃的,好像进家就是为了吃。俗云:"半大小子,吃死老子!"会过日子的人家都是将放干粮的篮子高高悬于房顶,一是防儿,二是防狗。这也没关系,在家里找不到吃的,就到外面去打野食,农村小子总会想出办法犒赏自己的肚子——这就是按着季节吃,与时俱进。

春小麦一灌浆就可以在地里烧着吃,那种香、那种美、那种富有野趣的欢乐,是现在的孩子吃任何东西都无法比拟的。进入夏、秋两季,地里的庄稼开始陆续成熟,场院里的瓜果梨桃逐渐饱满,农村小子天天都可以大饱口福。青豆、玉米在地里现掰现烧,就比拿回家再放到灶坑里烧出来的香。这时候我放学回到家不再直奔放饽饽的篮子，而是将书包一丢就往园子里跑，我们家的麦场和菜园子连在一起，被一条小河围绕，四周长满果树，或者上树摘一口袋红枣，或者找一棵已经熟了的转莲（向日葵），掰一口袋转莲籽，然后才去找同伴玩儿，或按大人的指派去干活，无论是玩儿还是干活，嘴是不会闲着的。

甚至在闹灾的时候，农村小子也不会忘记大吃。比如闹蝗灾，蝗虫像飓风搅动着飞沙走石，铺天盖地，自天而降。没有人能明白它们是从哪里来，怎么会有那么多，为什么没有从小到大的成长过程，一露面个个都是凶猛的大家伙，就仿佛是乌云所变，随风而来，无数张黄豆般大的圆嘴织成一张摧枯拉朽的绝户网，大网过后庄稼只剩下了光秆儿，一望无际的绿色变成一片白秃秃。大人们像疯了一样，明知无济于事，仍然不吃不喝没日没夜地扑打和烟熏火燎……而孩子们对蝗虫的愤怒，则表现在大吃烧蝗虫上，用铁锨把蝗虫铲到火堆上，专吃被烧熟的大蝗虫那一肚子黄籽，好香！一个个都吃得小嘴漆黑。

当然，农村的孩子不能光是会吃，还要帮着家里干活。农村的孩子恐怕没有不干活的，可能从会走路开始就得帮着家里干活，比如晒粮食的时候负责轰鸡赶鸟、大人干活时在地头守着水罐，等等。农村的活儿太多太杂了，给什么人都能派上用场，孩子们不知不觉就能顶事了，能顶事就是长大了。但男孩子第一次下地，还是有一种荣誉感，类似西方有些民族的"成人节"。我第一次被正式通知要像个大人一样下地干活，大概是五六岁的时候，我记得还没有上学嘛，提一个小板凳跟母亲到胡萝卜地间苗。母亲则挎一个竹篮，篮里放一罐清水，另一只手里提着马扎。我们家的胡萝卜种在一片玉米地的中间，方方正正有五亩地，绿茵茵、齐刷刷，长得像蓑草一样密实。我们间苗从地边上开始，母亲坐在马扎上一边给我做样子，一边讲解，先问我胡萝卜最大的有多粗，我举起自己的胳膊，说最粗的像我的拳头。母亲就说两棵苗之间至少要留出一个拳头的空当，空当要留得均匀，但不能太死板，间苗要拔小的留大的……

许多年以后我参军当了海军制图员，用针头在图板上点沙滩的时候，经常会想起母亲给我讲的间苗课，点沙滩就跟给胡萝卜间苗差不多，要像筛子眼儿一样点出规则的菱形。当时我最大的问题是坐不住屁股，新鲜劲儿一过就没有耐性了，一会儿蹲着，一会儿站起来，一会儿喝水，喝得肚子圆鼓鼓的又不停地撒尿……母亲后来降低条件，我可以不干活但不能乱跑，以免踏坏胡萝卜苗。于是就不停地给我讲故事，以吸引我坐在她身边，从天上的星星直讲到地上的狗熊……那真是个幸福的下午。自从我能下地野跑了，就很少跟母亲这样亲近了。

小时候我干得最多的活是打草，我们家有一挂大车，驾辕的是牛或者骡子，还有一头黑驴，每到夏、秋两季这些大家伙要吃的青草大部分得由我供应。那时候的学校也很有意思，每到天热，地里家里活儿最忙的时候，也是我最愿意上学的时候，学校偏偏放假，想不干活都不行。夏天青草茂盛，打草并不难，难的是到秋天……

秋后遍地金黄，金黄的后面是干枯的白色，这时候的绿色就变得格外珍贵了。我背着筐，提着镰刀，满洼里寻找绿色——在长得非常好的豆子地里兴许还保留着一些绿色，因为豆子长高以后就不能再锄草了。好的黑豆秧子能长到一人高，枝叶繁茂，如棚如盖。豆子变黄了，在它遮盖下的草却还是绿的，鲜嫩而干净。秋后的嫩草，又正是牲口最爱吃的。在豆子地里打草最苦最累，要在豆秧下面半蹲半爬地寻找，找到后跪着割掉或拔下。嫩草塞满了把，再爬到地外边放进筐里，然后又一头钻进汪洋大海般的豆子地。

我只要找到好草，就会不顾命地割满自己的筐。当我弯着腰，背着像草垛般的一筐嫩草，迎着辉煌的落日进村时，心里满足而又骄傲。乡亲们惊奇、羡慕，纷纷问我嫩草是从哪儿打来的，还有的会夸我"干活欺"（沧州话就是不要命的意思）！我不怎么搭腔，像个凯旋的英雄一样走进家门，通常都能得到母亲的奖励。这奖励一般分两种：一种是允许我拿个玉米饼子用菜刀切开，抹上香油，再撒上细盐末。如果她老人家更高兴，还会给我三分钱，带上一个焦黄的大饼子到街里去喝豆腐脑。你看，又是吃……但现在想起那玉米饼子泡热豆腐脑，还香得不行。

　　我最怵头的活儿是拔麦子、打高粱叶子和掰棒子。每当我钻进庄稼地，都会感到自己是那样的弱小和孤单。地垄很长，好像比赤道还长，老也看不到头。我不断地鼓励自己，再直一次腰就到头了。但，腰直过十次了，还没有到头。庄稼叶子在身上脸上划出许多印子，汗水黏住了飞虫，又搅和着蜘蛛网，弄得浑身黏糊糊、紧绷绷。就盼着快点干完活，跳进大水坑里洗个痛快……令我真正感到自己长大了，家里人也开始把我当大人用，是在一次闹大水的时候。眼看庄稼就要熟了，突然大雨不停，大道成了河，地里的水也有半人深，倘若河堤再出毛病，一年的收获将顷刻间就化为乌有。家里决定冒雨下地，往家里抢粮食，男女一齐出动，头上顶着大雨，脚下踩着齐腰深的水，把半熟的或已经成熟的玉米棒、高粱头和谷子穗等所有能抢到手的粮食，掰下来放进直径近两米的大笸箩。我在每个笸箩上都拴根绳子，将绳子的另一端系在自己腰上，浮着水一趟趟把粮食运回家。后来全身被水泡得像白萝卜，夜里我睡得像死人一样，母亲用细盐在我身上轻轻地搓……

　　至今我还喜欢游泳，大概就是在那个时候练的。在我十四岁的时候，母亲去世，随后我便考到城里上中学，于是童年结束，从天堂走进人间……但童年的经历却营养了我的整个生命，深刻地影响了我一生的生活。我不知别人是不是也这样，我从离开老家的那一天就经常会想家,怀念童年的生活……

悠悠世路不见痕

我青年时喜欢的歌曲里有一句歌词:"一条小路弯弯曲曲细又长。"命运和文学结合在一起,路就会变得愈加崎岖和坎坷。这第一步是怎么开始的呢? 是因为幸运,还是由于灾难? 是出于必然,还是纯属偶然? 是先天的,还是后天的? 我有许多说不清的问题,其中一个就是为什么和文学结下了不解之缘。

也许这路从少年时代就开始了? 当时我可实在没有意识到。

豆店村距离沧州城只不过十多里路,在我幼年的心里却好像很遥远。我的"星期天"和"节假日"就是跟着大人到十里八里外去赶一次集,那就如同进城一般。据说城里是天天赶集的。我看得最早和最多的"文艺节目",就是听村里那些"能能人"讲神鬼妖怪的故事,讲得活灵活现,阴森可怖,仿佛鬼怪无时不在,无处不有。晚上听完鬼故事,连撒尿都不敢出门。那些有一肚子故事的人,格外受到人们的尊敬,到哪家去串门都不会没有人敬烟敬茶。

记得有一次为了看看火车是什么样子,我跑了七八里路来到铁道边,看着这比故事中能盘山绕岭的蛇精更为神奇的铁蟒,在眼前隆隆驰过,真是大开眼界,在铁道边上流连忘返。之后又听说夜里看火车更为壮观,火车头前面的探照灯比妖精的眼睛还要亮,于是一天晚上我又跑到了铁道边。当好奇心得到了满足,美美地饱了眼福之后想起要回家了,心里才觉得一阵阵发毛,身上的每一个汗毛孔都乍开来,身后似有魔鬼在追赶,且又不敢回头瞧一瞧。

道路两旁的庄稼地里发出"沙沙"的响声,更不知是鬼是仙。当走到村西那一大片松树林子跟前,就更觉毛骨悚然。我的村上种种关于神狐鬼怪的传说都是在那个松树林子里进行的,树林中间有一片可怕的、大小不等的坟地。我的头皮发麻,脑盖似乎都要掀开了,低下头,抱住脑袋,一路跌跌撞撞冲出松树林,回到家里浑身透湿。待恢复了胆气之后,却又觉得惊险而新奇。第二天和小伙伴打赌,为了赢得一只"虎皮鸟",半夜我把他们家的一根筷子插到松树林中最大的一个坟头上。

长到十来岁,又迷上了戏——大戏(京剧)和家乡戏(河北梆子)。每到过年和三月庙会就跟着剧团后边转,很多戏词儿都能背下来。今天《三气周瑜》里的周瑜吐血时,把早就含在嘴里的红纸团吐了五尺远,明天吐了一丈远,我都能看得出来,演员的一招一式都记得烂熟,百看不厌。

这也许就是我从小受到的文学熏陶。

上到小学四年级,我居然顶替讲故事的,成了"念故事的人"。每到晚上,二婶家三间大北房里,炕上炕下全挤满了热心的听众,一盏油灯放在窗台上，我不习惯坐着，就趴在炕上大声念起来。因为我能"识文断字"，是主角儿，姿势不管多么不雅，乡亲们也都可以原谅。《三国演义》《水浒传》《七侠五义》《三侠剑》《大八义》《济公传》等等，无论谁找到一本什么书，都贡献到这个书场上来。有时读完了《三侠剑》第十七，找不到十八，却找来了一本二十三，那就读二十三，从十八到二十二就跳过去了。读着读着出现了不认识的生字，我刚一打怔神儿，听众们就着急了："意思懂了，隔过去，快往下念。"直到我的眼皮实在睁不开了，舌头打不过弯来了，二婶赏给的那一碗红枣茶也喝光了，才能散场。

由于我这种特殊的身份，各家的"闲书"都往我手里送，我也可以先睹为快。书的确看了不少，而且看书成瘾，放羊让羊吃了庄稼，下洼割草一直挨到快吃饭的时候，万不得已胡乱割上几把，蓬蓬松松支在筐底上回家交差。

这算不算接触了文学呢？那些"闲书"中的故事和人物的确使我入迷，但是对我学习语文似乎并无帮助，我更喜欢做"鸡兔同笼"的算术题，考算术想拿一百分很容易，而语文，尤其是作文的成绩总是平平。

上中学的时候我来到了天津市，这是一个陌生的、并不为我所喜欢的世界，尽管我的学习成绩在班里绝不会低于前两名，而且考第一的时候多，却仍然为天津市的一些学生瞧不起。他们嘲笑我的衣服，嘲笑我说话时的土腔土调，好像由我当班主席是他们的耻辱。我在前面喊口令，他们在下面起哄。我受过各样的侮辱，后来实在忍无可忍，拼死命打过架，胸中的恶气总算吐出来了。我似乎朦朦胧胧认识到人性的复杂，要想站得直，喘气顺畅，就得争，就得斗，除暴才能安良。

1957年年底，班干部要列席"右派"的批判会。有一天我带着班里的四个干部参加教导处孟主任的批判会，她一直是给我们讲大课的，诸如《红楼梦》《聊斋志异》等，前天还在讲课今天就成了"右派"。散会后我对班里的学习委员嘟囔："孟主任够倒霉的。"平时学习委员一直对我当班主席不服气，其实我是因入学考试成绩最高才被任命为班主席，他竟然到学校运动办公室告了我一状。孟主任有一条"罪行"就是向学生宣扬"一本书主义"，学习委员的小报告让"运动办"的人找到了"被毒害最深的典型"。于是全校学生骨干开大会批判我，美其名曰给我"会诊"。批着批着就把我去市图书馆借阅《子夜》《家》《春》《秋》《红与黑》《复活》等图书都说成是罪过。令我大吃一惊的是被我当成好朋友的同学竟然找借口看我的借书证，而且还问我有什么读后感，我毫不警觉，心里有什么就说什么，他却全记在小本子上，去向老师汇报。断断续续批了我几个月，全校就只揪出我这么一个"小右派"，一下子臭名昭著，连别的中学也知道了我的名字。

幸好中央有规定，中学生不打"右派"，他们将我的错误归纳为："受名利思想影响很深，想当作家。"根据"想当作家"这一条再加以演绎,在会上就出现了这样的批判词:"……也不拿镜子照照自己,还想当作家!我们班四十个同学如果将来都成为作家,他当然也就是作家了;如果只能出三十九个作家,也不会有他的份!"

最后学校撤掉我的班主席职务,并给我一个严重警告处分。

处分和批判可以忍受,侮辱和嘲笑使我受不了,我真实的志愿是想报考拖拉机制造学校,十四门功课我有十三门是五分,唯有写作是四分。我仍然没有改掉老毛病:喜欢看小说。他们把"想当作家"这顶不属于我的帽子扣到我头上,然后对我加以讽刺和挖苦。一口恶气出不来,我开始吐血,没有任何症候地吐血,大口吐过之后,就改为经常的痰里带血。害怕影响毕业分配,不敢去医院检查,不敢告诉家里,更不敢让同学们知道而弹冠相庆。一个人躲到铁道外边的林场深处,偷偷地写稿子,一天一篇,两天一篇,不断地投给报社和杂志社,希望能登出一篇,为自己争口气,也好气一气他们:你们不是说我想当作家吗?我就是要当出个样子来叫你们看!但是所有的投稿都失败了。事实证明自己的确不是当作家的材料,而且还深深地悟出了一个"道理":不管什么书都不要轻易批判,你说他写得不好,你恐怕连比他更差的书也写不出来。

对文学的第一次冲击惨败之后,加上背着处分,出身又不好,我没有继续升学,而是考进了铸锻中心技术学校,后来分配进了天津重型机器厂，是国家的重点企业。厂长冯文斌是大名鼎鼎的人物，在《新名人词典》伟人栏里有他的照片和一整页的说明。工厂的规模宏伟巨大，条件是现代化的，比我参观过的拖拉机制造学校强一百倍。真是歪打正着，我如鱼得水，一头扎进了技术里。想不到我这个从农村出来的孩子对机器设备和操作技术有着特殊的兴趣和敏感，两年以后就当上了生产组长。

师傅断言我手巧心灵将来一定能成为一个大工匠（就是八级工），但是必须克服爱看闲书、爱看戏的毛病。一个学徒工竟花两元钱买票去看梅兰芳，太不应该。我热爱自己的专业，并很高兴为它干一辈子，从不再想写作的事，心里的伤口也在渐渐愈合，吐血的现象早就止住了，到工厂医院照相只得了四个字的结论：左肺钙化。但也留下一个毛病：生活中不能没有小说，每天回到宿舍不管多晚多累，也要看上一会儿书。

正当我意气风发、在工厂干得十分带劲的时候，海军来天津招兵，凡适龄者必须报名并参加文化考试。我出身不好，还受过处分，左肺有钙点，肯定是陪着走过场，考试的时候也很轻松。不想我竟考了个全市第一，招兵的海军上校季参谋对工厂武装部部长说："这个蒋子龙无论什么出身，富农也好，地主也好，反动资本家也好，我都要定了。"以后很长时间我才想明白，要说我在全校考第一不算新鲜，在全市考第一连我自己都觉得有点奇怪，我并没有想考多好，很大的可能是有些城市孩子不想当兵，故意考坏。

我已经拿工资了,对家境十分困难的我来说这四十来元钱非常重要,可以养活三四口人,而当兵后只有六块钱津贴。还要丢掉自己喜欢的刚学成的专业,真是太可惜了。

没想到进了部队又继续上学,是海军制图学校。这时候才知道,1958年炮轰金门,世界震惊,我们宣称其他国家不得干涉我国的内政,可我们的12海里领海在哪儿?因此从京津沪招一批中学生或中专毕业生学习测绘,毕业后绘制领海图。在这之前我确实不想当兵,可阴差阳错已经穿上了军装,想不干也不行了,就不如塌下心来好好干。渐渐地我的眼界大开,一下子看到了整个世界。世界的地理概况是什么样子,各个国家主要港口的情况我都了解,我甚至亲手描绘过这些港口。

我从农村到城市,由城市进工厂,从工厂到部队,经过三级跳把工农兵全干过来了。

当时部队上正时兴成立文艺宣传队,搞月月有晚会。我是班长,不错,又当了班长,同样也是因为学习成绩好。为了自己班的荣誉,每到月底不得不编几个小节目以应付晚会。演过两回,领导可能是从矬子里拔将军,居然认为我还能"写两下子",叫我为大队的宣传队编节目。小话剧、相声、快板、歌词等,无所不写。有时打下了敌人的U2高空侦察机,为了给部队庆贺,在一两天的时间里就得要凑出一台节目。之后想起来,给宣传队写节目,对我来说等于是文学练兵。写节目必须要了解观众的情绪,节目要通俗易懂，明快上口，还要能感染人，而且十八般兵器哪一样都得会一点儿。这锻炼了我的语言表达能力，逼我必须去寻求新的打动人心的艺术效果，节目才能成功。

文艺宣传队的成功给了我巨大的启示。元帅、将军们的接见，部队领导的表扬，观众热烈的掌声，演员一次次返场、一次次谢幕，这一切都使我得意，使我陶醉，但并未使我震动，并未改变我对文艺的根本看法。我把编排文艺节目当成临时差事，本行还是学制图。就像进工厂以后爱上了机器行业就再也不想当作家一样，我把制图当成了自己的根本大业，搞宣传队不过是玩玩闹闹。而且调我去搞宣传队，部队领导的意见就不一致，负责政工的政委点名要调，负责业务的大队长则反对，因为我还负责一个组（班）的制图。我所在部队是个业务单位，当时正值全军大练兵、大比武，技术好是相当吃香的。我在业务上当然是顶得起来的，而且已升任代组长（组相当于步兵的排一级单位），负责全组的业务工作。如果长期"不务正业"，得罪了握有实权的业务领导，就会影响自己的提升。

业务单位的宣传队是一个毁人的单位，获虚名而得实祸，管你的不爱你，爱你的管不着你，入党提干全没有份。但是，有一次给农村演出，当进行到"诗表演"的时候，有的社员忽然哭了出来，紧跟着台上台下一片唏嘘之声。这个贫穷落后的小村子，几经苦难，每个人有不同的遭遇、不同的感受，诗中人物的命运勾起他们的辛酸,借着演员的诗情把自己的委屈哭出来了。

社员的哭声让我心里发生了一阵阵战栗,使我想起了十多年前我趴在小油灯底下磕磕巴巴地读那些闲书,而乡亲们听得还是那样有滋有味。我对文学的看法突然间改变了。文学本是人民创造的,他们要怒、要笑、要唱、要记载,于是产生了诗、歌和文学,现在高度发展的文学不应该忽略了人民,而应该把文学再还给人民。文学是人民的心声,人民是文学的灵魂。作家胸中郁积的愤懑,一旦和人民的悲苦搅在一起,便会产生震撼人心的力量。人民的悲欢滋补了文学的血肉,人民的鲜血强壮了文学的筋骨。

文艺不是玩玩闹闹,文学也绝不是名利思想的产物。把写作当成追名逐利,以为只有想当作家才去写作,都是可怕的无知和偏见。所以,过去我为了给自己争口气而投稿,以致失败,也是理所当然的。因为我肩上没有责任,对人民没有责任,对文学也不负有责任,抱着试一试的态度,一试不行就拉倒。文学不喜欢浅尝辄止,不喜欢轻浮油滑,不喜欢哗众取宠。写作是和人的灵魂打交道,是件异常严肃而又负有特殊责任的工作。人的灵魂是不能憋死的,同样需要呼吸,文学就是灵魂的气管。

我心里涌出一种圣洁般的感情,当夜无法入睡,写了一篇散文。第二天寄给《光明日报》,很快就发表了。然后就写起来了,小说、散文、故事、通讯,什么都干,这些东西陆陆续续在部队报纸和地方报纸上发表了。

我为此付出了代价,放弃了绘图的专长,断送了自己的前程,但我并不后悔,我认识了文学,文学似乎也认识了我。带着一百九十元复员费,利用回厂报到前的休息时间,只身跑到新疆、青海、甘肃游历了一番。我渴望亲眼看看祖国的河山,看看各种面目的同胞。直到在西宁车站把钱粮丢了个精光,才心满意足地狼狈而归,回到原来的工厂重操旧业。

　　1966 年,各文学期刊的编辑部纷纷关门,我有五篇打出清样的小说和文章被退回来了。由于我对文艺宣传队怀有特殊的感情,便又去领导工厂的文艺宣传队,以寄托我对文学的怀念,过一过写作的“瘾”。1972 年,《天津文艺》创刊,我东山再起,发表了小说《三个起重工》。

　　我相信文学的路有一千条,一人走一个样儿。我舍不得丢掉文学,也舍不得丢掉自己的专业,每经过一次磨难就把我逼得更靠近文学。文学对人的魅力,并不是作家的头衔,而是创造的本身,是执着的求索,是痛苦的研磨。按着别人的脚印走不出自己的文学创作的路,自己的路要自己去闯、去踩。

　　这个过程也可以说是人生被文学绑架。

"老大姐"是一种口碑

经历了一次次政治运动的文坛,关系复杂,是非纷纭,留个好口碑是很难的。苏予先生就是为数不多的有口皆碑的"老大姐"。

"老大姐"——是德高望重的别称。年纪可以大一点,并不一定要很老很大。在当年"四大名刊"的主编中,论年龄苏予恐怕还排在后面。能给人以"姐"的感觉,主要是因为性格好,安静、亲切。我见她的次数有限,而且都是借开会之便,或会前交谈几句,或中间休息时说一会儿话。印象最深刻的是她没有客套的虚词,问得最多的是"最近日子好过点吗?""正在写什么?""需要我们做什么?"

第一次听到她这样问的时候我很惊讶,我们接触并不多,可她对我的情况却知道得很多。她跟你握手的时候眼睛就看着你,神情是专注的,让你感到她对你的关切是真心的。当时由于文艺界神经过敏,流行"王顾左右而言他",或"眼观六路,耳听八方",

有些人在跟你握手时眼睛却瞄着别人，明明是听着你说话，耳朵却在捕捉旁边更重要的声音。有一回我的旁边坐了位领导，我本来就浑身不自在，他问我结婚没有，有没有孩子，我很认真地告诉了他。隔了一会儿他又转过头问我结婚了没有，有没有孩子。原来人家是没话搭拉话，表现得很关心你，其实你说什么他根本没听进去。

我初涉文坛，又是"工厂业余作者"，真切地感受着文坛各色人物的冷暖虚实。苏予之所以给我以老大姐的印象，就因为没有那种虚虚忽忽的假客气，不会让你不自在。许多年过去了，我还是对这位老大姐的实在和亲和怀有深深的好感，从心底保留着敬重和怀念。

老大姐并不等于是"老好人"。苏予的清净自然，是一种怀真抱素、宠辱不惊的坦荡与自守。《十月》这本刊物的诞生及其名号，就象征着精进、锐利、雄辩。且看她主编的第一期上发表的名篇《小镇上的将军》，获当年全国短篇小说奖，推出了至今还纵横文坛的出色作家陈世旭；白桦的《苦恋》，后来拍成电影，引发了一场全国性的讨论，随后还爆发了"批自由化""清除精神污染"等运动，波及每一个当代作家。那一期杂志上还有《飞天》《牛棚小品》等。曾经有很长的一段时间，我都无法将一个温厚的老大姐的形象，与叱咤风云的《十月》杂志的风格统一起来。

第二年(1980年)《十月》发表了我的第一部中篇小说《开拓

者》，碰巧正赶上从这一年起设立"全国中篇小说奖"。那个时候我白天在车间抓生产，有点业余时间还得写小说和应付批判，市委的机关报正在一版一版地批我，根本就没将《开拓者》跟什么奖联系起来。但那时的评奖好像是群众推荐和专家评断相结合，有人推荐了我的小说，入围后却引起争议，争议的核心是因为小说中一个着墨不多的人物——"S副总理"。不知是什么人对号入座，或是有读者对号入座引发了意识形态的敏感……总之关于这部小说的负面消息不断往我耳朵里灌，甚至连第一机械工业部的领导都知道了。

在这之前一机部曾召集张洁、程树榛、吉敬东和我这些一机部的作家再加上刘宾雁等，开过两三次座谈会，部长有关于形势的报告也召集我们这些人去旁听，我们厂又隶属于一机部，天天不知会有多少联系，厂里想瞒都瞒不住。我心里叫苦不迭，上一篇小说的风波还没有完，《开拓者》的麻烦又接上了……我的麻烦自然也就是《十月》的麻烦，是自己牵累了人家。

不想这部小说最终还是获得了首届"全国中篇小说奖"，进京领奖时见到苏予主编，她竟上来就说："祝贺我们的新科状元！"同年，我的另一篇小说《拜年》在全国短篇小说奖榜单上排在前面，她的"状元"一说大概就是由此而来。至于《开拓者》给她和编辑部造成多大压力却只字不提，反劝解我不必太在意传言，小说有争议又不是坏事，最终的结果证明大家还是肯定了这部小说，认可了它的独特性。还问我同时获两个奖,在天津的日子会不会好过一点。

我是"敏感人物",知道被争议的滋味,那个年代文人聚会离不开谈论这方面的内容。大家都是从各个政治运动中过来的,说说委屈,发点牢骚,已成为一种风气。人人都挨过整,被整得越惨,越有发牢骚的资本,"失败"成就"英雄"。我从苏予嘴里却从未听到过类似牢骚的话,即便《十月》处于全国意识形态的风口浪尖,或者大红大紫、人人争阅的时候,她也一如既往地温和清净,既不抱怨,也不摆功,"心辩而不繁说,多力而不伐功"。

——这就是老大姐的担当。人生难得是心安,心安人才静。

第二年有人冒我的名义写了《开拓者》续篇,投给《十月》。六七万字,沿着原小说的故事线,特别抓住我在《开拓者》中没有展开写的女主角失身的问题,将矛盾推到 S 副总理一级及更高层,里面还穿插了一些上层的性秘闻。稿子送审到主编,苏予一眼就看出不是我写的,给我打了个电话,并把稿子寄给了我。我读了稿子有脊背发冷的感觉,幸好老大姐眼神好,这个稿子若捅出去,定会给我和刊物惹大祸。

与一个刊物结缘,就是与编辑们结缘。几十年打交道,记忆充实,可谓说不尽的《十月》,说不尽的苏予,说不尽的怀念……

"老乔"这一炮

　　说《乔厂长上任记》，就不能绕开《机电局长的一天》，它们是姊妹篇，没有"一天"，就没有后来的"乔厂长"。凡事都有因，有因才有果，经过"文革"十年折腾，经济处于崩溃的边缘，全国以"工业学大庆"为由，想掀起一个抓生产的热潮。正是沾这个潮流的光，我从被"监督劳动"的生产一线调出来代理工段长。由于"第一机械工业部的工业学大庆会议"在天津召开，会上将涉及大型发电机的转子交由我们车间锻造，便让我列席这个大会。鬼使神差从北京来了个温和的老大姐，在会场上找到我，自报家门是原《人民文学》的老编辑部主任许以，说毛泽东亲自下令，停刊多年的《人民文学》要在 1976 年年初复刊，约我为复刊第一期写篇小说。不知是大气候有转暖的趋向，敏感的文学先复苏，还是国将大变，由文学发端，抑或是一种什么预兆、藏有什么玄机？《人民文学》是"国刊"，是业余作者梦寐以求想登上去的文学圣殿，可我当时并没有受宠若惊的感觉,甚至不敢太过兴奋,因为心里没底,只是谨慎地答应试试看。当时住在宾馆里的条件很好,两人一个房间,有写字台、台灯,那时候开会要不断地写材料、写发言稿,我就可以通宿地开夜车,写出了短篇小说《机电局长的一天》,发在1976年复刊第一期《人民文学》的头条。

那时候流行出简报,编辑部寄给我的第一期简报上,选编了读者对我这篇小说的反映,几乎是一片赞扬声,其中还有叶圣陶、张光年等文学大家的肯定。但,很快全国展开了猛烈的"反击右倾翻案风",到3月的简报上,就有一半读者来信认为《机电局长的一天》有严重错误。当月文化部要召开一个文艺座谈会,编辑部想保我,试探"上面"对我的态度,便把我的名字也报了上去。文化部居然没有把我的名字砍去,看来事情还有救。我不无紧张地随《人民文学》常务副主编施燕平走进会场,在第一天文化部长于会泳的报告就给了我当头一棒,他说:"有人写了坏小说,影响很大,倾向危险。一些老家伙看了这篇小说激动地掉泪,难道还不足以引起我们深思,说明这件事情的严重性吗?当然,如果作者勇于承认错误,站到正确路线上来,我们还是欢迎的。"我注意到他给《机电局长的一天》定性是"坏小说",心里愈加忐忑,"坏小说"等于"毒草",还是比"毒草"略好一点?

不管怎样,检查是必须写了,我觉得已经够违心地给自己上纲上线了,编辑部却向我传达:上边很不满意,不痛不痒。而且决定我的检查要在《人民文学》上公开发表。那个年月一旦公开检查，就等同于政治上被枪毙。编辑部多次派副主编一级的人物到天津劝说，苦口婆心地帮助我"提高认识"，甚至许诺在发表我的检查的同时，再配发一篇我的小说，以示我虽然写了"坏小说"，却并没有"倒"。明明知道他们是为我好，但我的态度却越来越不耐烦，在参加天津人艺的一个活动时，老作家于雁军、作曲家王莘、人艺导演方沉等都很关心我，打听写检查的事，我心里正窝着火，当即口出恶言："哑巴叫狗操了，有苦说不出来，只能憋出去了，一不写检查，二从此不写小说，顶大了再被监督劳动。"这话不知怎么传到北京去了，特别是那句脏话，好像文艺界的人都知道了。《人民文学》编辑部不再找我，决定由副主编李希凡代笔替我写检查，检查写好后先请天津市委领导审查，领导同意后再由市委做我的工作，在检查上签字。

1976 年 5 月 9 日晚上，妻子有临盆的感觉，我将七岁的儿子反锁在家里，骑自行车把妻子驮到南开医院，顺利产下女儿，随即返回家熬好小米粥，灌在暖水瓶里，让儿子睡下，继续锁好门，将暖水瓶挂在车把上急忙往医院赶。赶到医院门口被一人拦下，让我立刻去市委，说市委王书记在等我，李希凡带着替我写好的检查要我签字，还说他的一个同事到产房做我妻子的工作……我一阵怒火攻心，骂他不是东西，我妻子刚生产，经得住你们这么吓唬吗？今晚除非你带警察来抓我……越说越气竟抢起那一暖瓶小米粥向他砸去,那小子早有提防,躲闪及时只伤到了一点腿脚。我跑到产房,妻子已经吓坏了,旁边一个面目可憎的女人还在跟她絮絮叨叨……产妇最忌惊吓,一受惊吓奶水就下不来,那个年月物资极度匮乏,没有奶水孩子大人都遭罪了。事实是以后的境况比我担心的还更糟糕。我当时的表情大概相当恐怖,只喊了一声"滚",那个女人就刺溜一下出了产房。我想宽慰妻子,她却让我别跟上边闹得太僵,得考虑他们娘仨……我冷静下来直心疼那个暖水瓶和一瓶小米粥,在那时侍候月子这就是好东西了。妻子产后还滴水未进,只好回家又重熬了一小锅粥。

第二天市里来了一辆吉普车把我拉到市委招待所,先由当时的天津市"文教组"副组长孙福田跟我谈,他看上去像个好好先生,温言细语的没有一上来就打官腔,对头天晚上我竟然让市委书记白等的事也只字不提,随后才传达了市委文教书记王曼恬的指示:"李希凡同志替你写的检查,文化部的领导通过了,咱们市委领导也同意,你必须签字,不签字后果会很严重,我们都保不了你……"我问:"怎么个严重法?"孙福田没有直接回答,旁边有个小个子助手,大概相当于现在的文艺处处长,接口说:"不签字也甭想还能在工厂当工人……"他没把话说完,我也当过兵,打过真枪实弹,不是被吓唬大的,便抬高嗓门问:"还要抓我?"他们两个都不再吭声,只是神情严肃地望着我。我表面上火气不小,心里也毛咕了。如果今天我真的从这儿被他们带走,老婆和刚出生的女儿还在医院里,儿子中午放学回家进不去门,谁管他们?大家虽然都没有出声,但孙福田肯定猜到我不会硬顶了,就打破僵局说:"我们先去见李希凡同志吧。"因挑战俞平伯而被毛泽东表扬的李希凡,竟代我写检查,也真难为他了。他亲自将检查读给我听,听得我一阵阵后脊梁发冷,读后当孙福田问我同意不同意时,我说同意不同意不都得签字吗?我签上自己的名字后,二话不说就离开了。似乎至今对李希凡还欠一句道谢的话。

很快《人民文学》发表了这个检查,同时还有我的一个短篇小说《铁锹传》。我和编辑部都认为这件事到此就该画句号了,孰料大麻烦才刚开始,且不断升级。首先是"上边"的态度变了,"对蒋子龙要在全国范围内批倒批臭!"一开始我以为是被李希凡和编辑部骗了,后来从《简报》上才知道,连编辑部也被于会泳或更大的头骗了,曾两肋插刀替我上纲上线起草检讨书的李希凡冲着主编袁水拍拍了桌子:"人家写了检查还要批,你们说话不算话,叫我怎么向天津市委交代?怎么向蒋子龙解释?"袁主编口气更硬:"现在形势变了,蒋子龙是毒草小说的作者,对他也要跟对俞平伯一样,该批就得批!"当时国内的文化类刊物不是很多,凡我在报刊门市部能见到的,都展开了对《机电局长的一天》的围剿,甚至连离我很远的广西一家社会学类的刊物和一个大学的校刊,都发表了批判《机电局长的一天》的长文。新华社1976年6月25日的《国内动态清样》上转载了辽宁分社的电稿:"辽宁文艺界就批判《机电局长的一天》的事请示省委,省委一领导说中央有布置,你们不要抢在中央的前边,蒋子龙是反革命分子,《机电局长的一天》作为大毒草批判,编辑部敢我不分……"这一切都说明"上边"的确下了指令,乃至有过统一的部署。

我仍在车间里三班倒地抓生产,也不敢去主动打听消息,只在歇班的日子到处踅摸牛奶和青菜时,绕道到报刊门市部,进去匆匆翻翻各地报刊,获得一些各地批我的信息。最令我想不到的竟然还有人打上门来,他们穿着绿军装,胳膊上戴着红袖章,拿着内蒙古建设兵团的介绍信,自称是一个排长带着两个战士,在工厂门口站了三天要抓我去内蒙古批斗。只因一开始他们态度骄横,认为工厂阶级斗争的盖子没有揭开,漏掉了我这个"大毒草炮制者、反革命修正主义黑笔杆子",惹翻了工厂造反派的自尊心,我们的黑帮我们自己批斗,用不着你们狗拿耗子。造反队员拿着铁器在大门口一挡,那三个内蒙古造反派就真不敢进门。当然那几天我也不敢离开工厂,若不是工厂保护我,真被揪到内蒙古,能不能活下来就不好说了。后来听说那三个内蒙古造反派又进京找到《人民文学》编辑部,声色俱厉地宣布:"不彻底揭开文艺界阶级斗争的盖子,不揪出蒋子龙批倒批臭就不撤离编辑部!"

我在《文艺战线动态》第31期上见到了这个消息,当时《人民文学》主编袁水拍写的"交代材料"上还有这样一段话:"1976年3月18日,于会泳在西苑旅社召开创作会,于说,蒋子龙受邓的流毒影响,胡说什么在天津开工业学大庆会,刮风就是这个会……小说配合了右倾翻案风,把走资派当一号人物来写,主人公霍大道就是豁出去不怕被打倒……"我真佩服那个年代的政治想象力,而且让你有口难辩,越描越黑。我为什么让一号人物姓霍记不清了,八成是姓这个姓的人少一些,显得新鲜。"大道"则根据我当兵时副大队长的名字演化来的,他自小给地主放牛,有小名无大号,丢了牛为避祸就拦住部队当了兵。当了兵就得有个名字,接收他的营长当场说:你在大路上参军,就叫王大路吧。如果非要找一个霍大道的模特出来,应该是我们厂的第一任厂长冯文斌,偏巧也是"个儿不高"。我给他当过秘书,冯头讲话极富鼓动性,每逢他做报告,大礼堂里比看电影人还多。至于为什么要把"走资派当一号人物",非常好理解,那个时候的文艺作品几乎无一例外都是用"小将""年轻的造反派"做主角,我只是想出点新。还有什么"老刘就是影射刘伯承,小万就是万里"等等,简直匪夷所思。现在说起来像闹着玩儿,那个时候却借此就能毁掉一个人。

　　先在天津最堂皇的剧院"中国大戏院",召开对我的全市批判大会,过去梅兰芳、马连良等名角来津,一般也都在这个戏院演出,我不知是该感到荣幸,还是该觉得亵渎了那个舞台?据工厂派去参加批判大会的代表回来传达说,会上呼喊"打倒蒋子龙""踏上一只脚,永世不得翻身"等口号一百多次,其中"发言最有水平"的是曾经跟我一起参加"三结合创作组"的话剧团专业编剧。随后是工厂的批判会,召集上早班和正常班的人参加。听起来声势很大,真正在会场坐到底的我看连一半都没有,许多人到会场打个晃就回家了,等于放半天假,工厂对这一套似乎有些疲沓,说起来还是沾了我的光。后来《人民文学》的编辑来信告诉我,甚至在举国召开毛泽东追悼会的那天,编辑部还要先开批判会,承认《机电局长的一天》是大毒草,并做了批判发言的,才有资格去参加追悼会。

所以,如果非要说"改革文学"由我发端,也是从《机电局长的一天》开始,而不是后来的《乔厂长上任记》。1979 年春,《人民文学》编辑部派人来给我"落实政策",实际是约稿。那天正下雨,我由于在车间经常连轴转,生活没规律,日子也过得很艰难,上火很厉害正在医院割痔疮。编辑向我大致介绍了"文革"中把《机电局长的一天》打成大毒草的过程,并代表编辑部向我道歉。如果不记恨他们,就再给《人民文学》写篇小说。这话说得有点力道,如若我不写这篇小说就意味着不原谅《人民文学》编辑部。"文革"不是他们发动的,整我的也不是他们,要记仇也不能把账算到他们头上。可是,我当初说过大话,一不写检查,二不再写小说。近三年来我确实没有动过再写小说的心思,甚至也不看小说了,实际是真没有时间。"文革"后落实政策让我当了车间主任,车间有五跨,厂房三万多平方米,一千多名职工,相当于一个中型企业。但缺少一个独立的工厂诸多自主经营权,千头万绪,哪儿都不对劲。

我在生产一线劳动了许多年,可以说攒足了力气想好好干点事,车间的生产订单又积压了很多,老是不能按时完成计划,正是可以大展拳脚的时候。可当你塌下心来想干事,却不是那么回事,或者有工艺缺材料,好不容易把材料弄来,机器设备又出了故障。多年生产秩序打乱,规章制度遭到破坏,机器设备不能定期维护,到处都是毛病。或者把设备修好了,人又不听使唤,经历了"文化大革命",人们眼神都变了,你是这个派的,他是那个派的,心气不一样了,说话的味道不一样了,仿佛谁看谁都不顺眼,对待工作的态度大不如从前。"文革"是结束了,"文革"的意识形态哪有那么容易结束!待你磨破了嘴皮子、连哄带吓唬地把人调度顺了,现行的管理体制不仅不给你坐劲,反而处处掣肘,本该由上边撑着的责任却撑不起来。虽然工厂的领导换了,但换人容易换思想难……我感到自己天天都在"救火",常常要昼夜连轴转,有时连续干几天几夜都回不了家,身心俱疲。有一次检查安装质量,我从车间的二十四米热处理炉上摔下来,暖风擦过我的脸,火光在身边一闪而过,跟着就失去了知觉。如果就那样死了,也很惬意,并没有什么可怕的。当时处理炉下面有一堆铸钢的炉件,如果摔到那上面,肯定就没有后来的"乔厂长"了,炉件旁边是一堆装过炉件的空稻草袋子,算我命大正掉在稻草袋子上。即便是那样也当场就死过去了,厂卫生院的医生救了半天没救过来,等救护车拉着我从坐落于北仑的工厂出发,大约一刻钟后过了北洋桥,我突然醒了,除去头有点疼自觉没什么大事。到总医院检查了一遍,果然什么事都没有,医生给开了几粒止疼片,跟陪我的同事乘公交车回到工厂,继续干活。就是这种生活的不稳定感和危机性刺激了我的精神,加深了对生活的理解,趁着又有了写作的权利,似乎应该再写一篇小说。于是答应了《人民文学》的编辑,利用病休的三天时间写出了《乔厂长上任记》。

当时自己的感觉是将几年来积压的所感所悟一泻而出……没想到这篇小说又惹来麻烦。天津市委机关报突然连续发表了14版的批判文章,伴随着各种各样的谣言铺天盖地地压过来。一位姓王的曾被打成"右派"的老作家,在报纸上发表了声讨我的长文之后,又带着介绍信亲自到工厂查我的老底,看我历史上有没有什么问题,是不是造反派头头或打砸抢的坏分子,倘若能抓住点什么把柄,那就省事多了,可动用组织手段解决我。工厂的领导对他的大名并不熟悉,只是公事公办地接待了他,说我除去出身富农还没有发现其他问题,"文革"前是厂长秘书,后来又调到"四清"工作队,因此"文革"一开始就被造反派打成"保皇派",下到生产一线监督劳动……此人曾以主张"创作需要才能"而挨整,何以现在又开始整别人,或者成了别人整我的工具?

有人说经历就是财富,是经历让人有差别,让作家有差别。

我经历了那样一番从领导层到文学圈子，从组织手段到文学手段，特别是同行们知道往哪儿下手可以置我于死地，有文学上的公开批判，有政治上的上纲上线，有组织上的内查外调，"他们相信只要甩出足够多的泥巴，总会有几块沾上！"如果我身上真有黯儿，那就真完了。经过这样一番揉搓，就是块面团也熟了，心里稍微有点刚性也就成铁了，文学再不是东西也得跟它摽上了，即便我不摽它，它也得摽上我。每见到报纸上有批判我的文章，当夜一定要写出一个短篇的初稿，到歇班的日子把它誊清寄走。好在这个时候向我约稿的很多，他批他的，我写我的，让自己的作品像一列火车，那些拿枪的人瞄准的是车头，等扣响扳机只能打上车尾巴，叫他们批不胜批。

写作不是好职业，却是一种生命线，是精神的动力。既成了写作的人，不写作生命就会变得苍白无力。不是也有人说过，一个作家的价值可以用其挨批的程度以及树敌的数目来衡量吗？创作是一种欲望，要满足创作欲自然得付出代价。偏偏文学这种东西又只会热，不会冷，在生活中老想扮演一个讨厌的求婚者，自以为已经肝脑涂地，却常被怀疑不忠；本来想借写作实现自己，写作反而使自己变成另外一个不同的人。个人的灵魂走进小说的人物中去，笔下的人物渗透进自己的灵魂中来，个人生活和小说混为一团，分不开哪是自己写的小说，哪是自己真实的生活，你分得开别人也不想分开，硬要把你的小说套在你这个人的身上。到底是享受文学，还是文学在消费自己？生活的本质，就是不让所有人都能得到他们想要的所有东西。经历了这种种精神上和道德上的考验，包括自我冲突，仍有责任感，连我自己都觉得是一种生命的奇迹。老挨打老也打不死，就证明有着特殊的生命潜力。

闹腾到这般地步，我竟然还能以"特约代表"的身份到北京参加第四次全国文代会，原来是开会前一周胡耀邦专为《乔厂长上任记》做了批示，后来在公开发表的《王任重同志在全国文艺期刊编辑工作座谈会上的讲话》中，表达了大致相同的意思：蒋子龙同志的小说《乔厂长上任记》和《后记》我认为写得好，天津市委的一位同志给我写了一封信，说《乔厂长上任记》有什么缺点错误，我回了他的信。我说，小说里有那么几段话说得不大恰当，修改一下也不难。整个小说是好的，怎么说也是香花，不能说是毒草；说有缺点，那也是有缺点的香花。热闹吧？就为一篇小说竟惊动了这么多人。其实这并不是单纯的小说事件，它触发了时代的潜在的历史情结，有着更为复杂的社会性。小说不过是碰巧将历史性潮流和历史性人物结合在一起，造成了一定的社会轰动效应，并非作者对生活和艺术有什么了不得的发现。"乔厂长"还带来了另外一些热闹。

《乔厂长上任记》作为小说，自然是一种虚构。任何虚构都有背景，即当时的生活环境和虚构者的心理态势。不是要将自己的虚构强加给现实，是现实像鞭子一样在抽打着我的想象力。所以我总觉得"乔厂长"是不请自来，是他找上了我。当时我完全没有接触过现代管理学，也不懂何谓管理，只有一点基层工作的体会，便根据这点体会设计了"乔厂长的管理模式"，想不到竟引起社会上的兴趣，许多人根据自己的体会理解乔厂长，并参与创造和完善这个人物。首先参与进来的是企业界，西北一大型石化公司，内部管理相当混乱，其中一个原因是上级主管部门一位主要领导的亲戚，在公司里横行霸道，群众意见很大。某一天清晨，公司经理走进自己的办公室，发现面前摊着当年第七期《人民文学》，已经给他翻到了《乔厂长上任记》开篇的那一页，上面压着字条提醒他读一读此文。他读后召开全公司大会，在会上宣布了整顿公司的决定，包括开除那位顶头上司的亲戚，并举着1979年第七期《人民文学》说："我这样做是有根据的，这本杂志是中央办的，上面的文章应该也代表中央精神！"

看到这些报道时几乎被吓出一身冷汗，以后这篇小说果然给我惹了大麻烦，挨批不止。连甚为高雅的《读书》杂志也发表鲁和光先生的文章，文中有这样的话，他接触过许多工厂的厂长都知道乔光朴，有些厂长甚至当企业管理的教科书在研究，但管理效果并不理想，最后简直无法工作下去，有的甚至被撤职。我真觉得对不起人家，以虚构误导现实，罪莫大焉。也有喜剧，东北一位护士来信讲，她父亲是一个单位的领导，性格刚烈，办事雷厉风行，本来干得有声有色，却因小人告状，领导偏听偏信就把他给

"挂"了起来。他一口恶气出不来便把自己锁在屋里,两天两夜不出门也不吃不喝。有人出主意从门底下塞进《乔厂长上任记》让他读,读后他果然开门走了出来,还说"豁然开朗"。我一直都没想明白,他遇到的是现实问题,读了我的小说又如何能"豁然开朗"呢? 除此之外这篇小说还引发了其他一些热闹,现在看来有些不可思议,甚至显得无聊。在当时,人们却异常严肃认真、慷慨激愤,有些还酿成了不大不小的事件。天津能容纳听众最大的报告厅是第一工人文化宫大剧场,经委系统请来上海一位成功的企业家做报告,入场券上赫然印着:"上海的乔厂长来津传经送宝。"天津有位知名的企业家不干了,先是找到主办方交涉,理由是你们请谁来做报告都没关系,叫"传经送宝"也行,但不能打乔厂长的旗号,这个称号只属于他。他不是凭空乱说,掏出随身带着的一张北京大报为凭,报纸上以大半版的篇幅报道了他的先进事迹,通栏的大标题就是《欢迎"乔厂长"上任》。主办方告诉他,报告者在上海也被称作乔厂长,而且所有的票都已经发下去了,无法更改。那位老兄竟然找到我,让我写文章为他正名,要承认只有他才是真正的乔厂长,其他打乔厂长旗号者都是冒牌货。记得我当时很感动,对他说你肯定是真的,因为你是个大活人,连我写的那个乔厂长都是虚构的,虚构的就是假的嘛,你至少是弄假成真了。至今想起那位厂长还觉得非常可爱。

就是到工厂调查我的那位老作家,对《乔厂长上任记》已经到了深恶痛绝的程度,每到一地只要有机会就先批"乔厂长"。他到淮南一家大煤矿采风,负责接待的人领他去招待所安排食宿,看介绍信知道他是天津来的,便向他打听我的情况以及"乔厂长"这篇小说。不想这触怒了老作家,立即展开对《乔厂长上任记》的批判,等到他批痛快了却发觉旁边没人管他了……有个服务员过来告诉他,我们这里不欢迎反对乔厂长的人,你还是另找别的地方去采风吧。这位老同志回来后不依不饶,又是写文章,又是告御状,说我利用乔厂长搞派性,慢待老同志……当时的市委文教书记在第一工人文化宫动员计划生育和植树造林时,竟因批判这篇小说忘了谈正事,以至于到最后没有时间布置植树和节育的事。因此厂工会主席回厂传达的时候说:咱厂的蒋子龙不光自己炮制毒草,还干扰和破坏全市的植树造林和计划生育……这真应了经典作家的话:"闹剧在本质上比喜剧更接近悲剧。"市委领导如此大张旗鼓地介入对这篇小说的围剿,自然会形成一个事件,一直到许多年以后作家协会换届,市委领导在做动员报告时还要反复强调,"不能以乔厂长划线……"

　　一个虚构的小说人物竟成了划分两种路线的标志,真是匪夷所思!虚构不仅在干扰社会现实,还严重地干扰了虚构者自己的生活……萨特说小说是镜子,当时的读者通过《乔厂长上任记》这面"镜子",到底看到了什么,值得如此大动肝火?后来我看到一份《文化简报》,上面摘录了一段胡耀邦对这篇小说的评价,我想这可能是那场风波表面上平息下去的原因。有这么多处于不同阶层的人结成联盟，反对或喜欢一篇小说，"乔厂长"果然成个人物了。那么，当时的现实到底是欢迎他呢，还是讨厌，甚或惧怕这个家伙？但所有这一切，都是对这个人物的再创造，是当时的社会现实成全了他，是我的虚构拨动了现实中甚为敏感的一根神经。但不是触犯了什么禁区，而是讲述了一种真实。文学虚构的本质就是为了更真实。赫鲁晓夫有句名言："作家是一种炮兵。"乔厂长这一"炮"或许打中了现实社会中的某个穴位，却也差点把自己给炸掉。

第一篇小说

　　《北京青年报》的编辑给我出了上面这个题目,有点意思,人活一世该有多少个"第一"? 第一次学走路,第一次学话,第一次坐进课堂,第一次走进工厂,第一次扣动扳机,第一次拿起笔……有了第一,才有第一百,第一万;有了尝试,才有成功和失败。不论成功和失败,"第一"还是值得珍惜的。因此我不会忘记自己的第一篇小说,不论它多么幼稚可笑,抑或多么单纯可爱,它毕竟是我小说创作的开端。

　　上世纪 60 年代初,我在海军里当制图员。部队上的大练兵、大比武搞得热火朝天,士气昂扬。有两件事格外引起人们的关注,一件是帝国主义不断侵犯我们的领空和领海,我国政府一次又一次地向敌人提出严重警告;另一件事是敌人经常向我们祖国大陆上空派遣高空侦察机。这两件事都和我们海军有关,我们比别人更加焦急和愤怒。陆军老大哥打下了敌人的 U2 高空侦察机,空军兄弟打下了敌人的无人驾驶高空侦察机。陆海空,海军身为老二,却掉在了最后面。

机会终于来了。夏天的一个午后,某基地接到了情报,敌人的无人驾驶高空侦察机要来骚扰。但是,天公不作美,空气潮漉漉,天空乌沉沉,眼看一场暴风雨就要来临。而雷电交加又会影响我们战斗机的起飞和空战。司令员叫设立在海岛上的一个海军气象站提供准确的气象预报。这个气象站是连续三年的"四好单位",平时预报气象很准确,不想这时候中尉站长有些慌神了。他已经测出了准确的数字,两个小时之内不会下雨,可他不敢相信自己,不敢向司令员报告。关系重大呀!如果说没有雨,飞机起飞后下起雷雨来了,出了事故谁负得起责任? 倘若说有雨,飞机不起飞,错过战机,那责任就更大。时间一分一分地溜过去,两个小时、一个小时,还剩下最后半个小时了,司令员急了:"你能不能保证在半小时之内不下雨?"气象站站长仍不敢保证。还剩下最后十分钟了,越到最后越紧张,敌机马上就要来了,天也阴得更沉了,雷雨似乎立刻就会泼下来,中尉站长吓得连说话的力气都没了。司令员当机立断撤掉了他的职务,怒不可遏地自己下令起飞。真正交上手,从开炮到敌机坠毁还没用十秒钟。

这件事给我的震动极大,那个站长只讲花架子,平时千好万好,临到战时却耽误大事,练兵的目的应该为实战。我突然涌起一股冲动,想写点东西。在这以前我只发表过散文和通讯,写的都是真人真事。这件事牵涉许多保密的东西,不能直截了当地表现事情的内幕。于是,我决定写小说。小说可以概括集中,以假当真,以真当假,只要虚构得像真的一样就行。一打算写小说,我认识的其他一些性格突出的人物也全在我脑子里活起来了,仿佛是催着我快给他们登记,叫着喊着要出生。我也憋得难受,就是没有时间写。

好不容易盼到星期六,吃完晚饭我就躲到三楼楼梯拐角处一个文艺宣传队放乐器的小暗室里,一口气干到深夜两点钟,草稿写完了,心里很兴奋。偷偷地回到宿舍,躺到床上之后还迷迷糊糊地似睡非睡,老是想着自己小说里的人物和对话,特别是有那么几句自己很得意的话,在心里翻来覆去念个没完。

下一个星期六的晚上,连抄清带修改,又干了一个通宵,稿子算完成了。偷偷地拿给一个战友看,他是甘肃人,看过稿子以后鼓励我寄给《甘肃文艺》,正合我意。我见识了中国的大海,很想有机会再游历一番中国的大山大河,自然向往西部。一个多月后小说登了出来,这就是我的第一篇小说——《新站长》。

她终于挑了个"好瓜"

　　三十多年前,因站在同一个领奖台上,结识了张慧萍。人很安静,需要开口时却才智逼人,遂习惯性地以为文坛又出了一位才女。两年后她创办《东方讯报》。正值上个世纪 90 年代初,许多杂志停刊,报纸处于低谷,她却逆风而上,小女子成大妖。读《贡院墙根街二号》才知道,当时她的家庭生活正陷于近乎绝境般的苦撑苦熬之中:丈夫酗酒,女儿幼小,照顾近似植物人的公公,接受婆婆的种种挑剔……她以切身之痛说婚姻如同隔皮挑瓜,"咔嚓一刀切开,是个生瓜"。

　　婚姻没选好,工作一定要遵从心曲选自己之所爱。这本书,实际是一个并不多见的独立媒体人的自传。如库切所言,"所有的自传都在讲故事,所有的创作都是自传"。慧萍胸次包罗,逸气横生,以坦直通脱、清丽刚劲的笔触讲了三类故事:"周刊传奇",自己的人生际遇以及别人的故事。其中,最是意气自豪、文辞峭拔的,数创办《齐鲁周刊》的故事。

她本可以成为一个能干的官员或出色的作家,却始终以媒体人自持,这其实是个巨大的挑战。当然也是自励。当社会进入传媒时代,无论文坛或媒介,无不是才子才女当道。她办《东方讯报》不过是自我测试,是即将投身"媒体大潮"前的一场实战演练,亮明旗帜,吸引同道,培训队伍。其识见的刚断英特就在于,她设定的"讯报"宗旨并未脱离"发改委"的本业,关注社会经济的现实与大势。然后文以化之,注入很强的文学性,版式疏朗,文章简洁明快,并常有刁钻不俗的议论令人耳目一新。有才气必多锋芒,其办报风格相当犀利。

五年后,水到渠成,她移步换形,横空出世般将"讯报"升级为《齐鲁周刊》。蓄之既久,其发必速,沉郁顿挫、被传诵一时的创刊词一挥而就。同事赞她:你是在写诗吗? 她说:"不,是诗在写我们。"果然,创刊号竟一再加印,当即发行30万份。后来周刊发行量上升到50万份,改变了齐鲁大地的媒体格局,创造了传媒界的一个盛景。正当社会上"段子满天飞",各类文化期刊的读者急剧下降的大情势下,为什么会发生《齐鲁周刊》这样的奇迹?

说来还是通透平实的智慧和文学才华帮助了张慧萍,方能将"政经文化周刊"的优势发挥得淋漓尽致。转型社会剧烈变化的现实生活,比任何单纯的文学作品更令人不可思议,更使人感到惊奇和无所适从;再加上信息爆炸,大道小道,烟尘滚滚,令人莫

表一是。办周刊是个冒险的活儿，须勇毅过人，还要智虑绝人，稍有不慎就会惹麻烦、捅娄子。过于谨小慎微，办得平庸无奇，是自找的失败，羞辱自己。而《齐鲁周刊》，严格囿于特定的政经事件和特定的历史及现实的环境之内，忠于事实，以昭大信。再赋予相应的文化品位，强烈的表达，直接的揭示，透彻的思想，无畏的论析，知时论世，纸上烟云，既满足了读者对事实的渴求，又能获得阅读的享受。洛阳纸贵，何足为奇。

"贡院墙根街二号"是《齐鲁周刊》的发祥地。《齐鲁周刊》是张慧萍自己选择的一个"好瓜"。但，她人生中最丰硕的收获，是功利社会极少见的一种"真性情"。有位朋友形容她的家里经常摆着"流水席"，少则三五人，多了十几位，太讲究谈不上，干的稀的热的凉的，管保让人吃舒服。七姑八姨、三婶子六舅母、她家的亲戚以及亲戚的亲戚，统统找上门来，这个找工作，那个打官司，还有到城里办事、做生意的……做媒体已经没黑没白，再经常扮演"亲友接待办主任"，她也累，她也烦，但还得管。

书中最能体现她叙述才华、文字最精妙传神的，就是她写的这些自己的故事。台湾"刀笔"陈文茜，在陈水扁当政时期曾发表名言："女人要离开不适合的男人，对我来说台湾的政治就是一个酗酒的男人。"看来酗酒为天下女人所不能容忍，其肮脏、丑陋竟跟"阿扁搞政治"一样不堪。慧萍离婚后，其前夫又结过两次婚，待他病重时却都将他遗弃，将他的老母赶出家门。她闻讯立即赶过去,将已成陌路的人送到医院抢救,劳神费力不说,还要几万几万地往里搭钱。直到女儿回来她才得以喘口大气。她自己都无法解释为什么要这样做,只有用调侃、自嘲说服自己,以一个"前"字,将已经跟自己没有关系的人联系起来。

她写道:"前妻是什么? 就是你上辈子欠的账和你后会有期""前妻是曾经的口水战拉开的序幕下锅碗瓢盆齐飞、电视机遥控器水瓶杯子遍地乱滚的不堪回首,前妻是家庭伦理下的孩子老人七大姑八大姨纠缠在一起的斩不断理还乱,前妻是一纸婚书撕成两半时的前不着村后不着店的无奈,前妻是因孩子的存在生发出的现实和关乎着活着的有理无理有过无过,前妻是当岁月猛然回首时上天安排的再次相遇……"其实,她可以不"相遇",完全有理由拒绝或回避。还是天性使然,她存心仁恕,气度豁如。难得女子有丈夫气,率真而疏放,复杂又醇厚。

且看她如何为"前婆婆"定义:"她是你生命中的一棵大树,即使砍去枝杈也是你的年轮,她是一片衰叶,落在地上是你的营养,飘在空中是你的苍凉。"难怪她的"前婆婆",在读到这篇《所谓前婆婆》的散文后大哭一场。大约是悔悔当初,感恩当下,以前没有将这么好的儿媳妇留住,到晚年还是得救于她。慧萍的亲戚多,朋友更多。西方人类学家做过统计,一个称得上是社会精英的人,一生能结识4000个人,其中有40人经常保持联系。慧萍或许能达到这个标准。有真性情,方能交下真朋友,灵气磁场强大，朋友间也可展切偲之诚。此书中有相当的分量，是她的批评文章，慧目灼灼，或含冷锋，或露笑意，议论风生，明晓透辟。

她的评论常常在一个宏阔的规模下展开，直言其事，用词准确简质，读之提神、得气，令人悦服。包括她的一些关于媒体与艺术的对话，清言妙语，一心独运，闪烁诗性智慧。唯独她笔下的人物画廊，是另一副笔墨，朗润清华，多姿多彩。加上她感情浓郁，娓娓道来，风致迷人。世上有才华的人很多，有才华又有好性情，便将她带入一个人生的高境界。于是在生命途中收获一个个"好瓜"，就成了一种必然。贡院墙根，文脉浑融，爰作此文，聊表贺忱。

高晓声趣事

　　近读张新颖妙文《恩师贾植芳》,文中讲了一桩趣事:"贾先生和高晓声是一对奇特的朋友,两人一见面就有很多话要说,都说得很兴奋,但他们两个人其实都听不大懂对方的话。贾先生山西音,高晓声常州腔……"我似乎多少能够理解这种境界。20世纪80年代初,在北京领一个短篇小说奖,那个年代习惯以题材划分作家,我是写工业的,高晓声是写农村的,于是我们就"工农结合"了,座位在一起,话也就说得比较多了。他听我的沧州普通话似乎问题不大,我听他的常州腔就有点像智力测验,他想让我听懂就放慢语速,一旦他谈兴上来进入最佳状态,我就只能连蒙带猜外加心领神会。但同样会被感染,也就不忍打断他的节奏。

　　有一年陆文夫在苏州组织了一个大型笔会,请了全国十几位作家参加,那天下午游太湖,高晓声拎个兜子,把我拉到湖边一个清静的地方坐下来。面对太湖,背靠大石,时值仲秋,舒适而温

105

暖。他从兜子里掏出两瓶绍兴酒，原来他是有备而来，我们两个就一人一瓶，边喝边聊起来，好不惬意！他对我说，刚从美国回来不久，在美国曾住过一个朋友的家，那是一栋三层小楼，进屋前先把鞋脱在门外。第二天上午要出门参加活动，出门骤然发现他去美国前刚买的新牛皮鞋，只剩下两个不完整的鞋底了，鞋帮被主人家拴在门口的狗给吃了。是狗在夜里太寂寞，还是它实在难以抵挡新牛皮外加中国男人脚留下的汗渍味道？高晓声的脚十分秀气，只能穿38码，主人拿出自己的鞋他都穿不了，只好开车拉着他去买鞋。孰料在美国要买到一双男子38码也不容易，几乎跑了大半个城市才找到一双晓声能凑合穿的鞋，总算把在美国的访问行程撑下来了。

如今我用文字这样表述似乎并不逗笑，当时听他亲口道来却逗得我大笑不止。我笑他也笑，就在说说笑笑中酒喝光了，酒兴却刚上来，一人一瓶太少了，论酒精的度数绍兴酒跟啤酒差不多，我根本没当回事。可我们两人不知什么时候竟都睡着了，等到再醒来天已经很黑了，有人在湖边大声喊叫"高晓声""蒋子龙"！原来大队人马游完太湖，回到宾馆吃饭时才发现少了两个人，一查是我们俩，赶紧又回来找。

还有一回，也跟酒有关。1982年，康濯老先生从全国各地请了30位作家到湖南采风。其中酒量最大的当数《红色娘子军》作者梁信，肩扛大校军衔，沉雄健硕，一看就有海量。其次是四川老

106

诗人戈壁舟。他们二位酒逢知己,几乎是顿顿离不开酒,有时连早饭也喝上两口。有一天下午游桃花源、参观擂茶厂,晚上当地一位主管文化的年轻女领导宴请大家,一开始女领导自称不会喝酒,在面面俱到的敬酒时似勉为其难地喝一点,以尽地主之谊。但喝着喝着兴致高涨起来,奇怪的是她放过了戈老,换成大杯单挑梁信,一对一地干了一杯又一杯。老梁豪气十足,显然没有把这个小女子放在眼里。但越到后来她喝酒如喝水,面不改色,梁信却有点招架不住,最终醉成了一摊泥。

散席后,女领导把戈壁舟请到另一间大房子里,笔墨纸砚、点心水果以及各种酒水早已准备停当。戈老字好,她拿出两张 16 开的白纸,上面写满了当地人的名字和职务,请戈老为这些人留下墨宝,旁边有两三位姑娘为戈老铺纸、倒墨……服务尽心而周到。老先生一直写到凌晨,才回房休息。第二天吃早饭时,戈、梁二老都没有露面,大家自然要谈论昨晚的酒宴,高晓声不紧不慢地用一句话做了总结:"女人上阵必有妖法!"这句话很快在文坛传开了,也成了我永久的"醒酒令",每逢聚会一见有女人在场,立刻就会想到高晓声的这句名言,从不敢随兴痛饮。

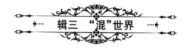

辑三 "混"世界

十字门

珠江多门。门是关，门里是江，门外是海；门是道，江海融合，畅达天下。或象形，鸡啼门、磨刀门；或形意，虎门禁烟销烟，确如猛虎把门；十字门血战，极惨烈悲壮，使历史转向，元兴宋亡。冷波千顷，一碧沉沉，自那以后七百多年来，十字门在默默地准备着，等待某一个历史时刻的到来，重新扬眉吐气，雄视寰宇。

这也是珠海人的企盼，并为此付出了一代又一代人的努力。他们首先想到的是"出去"。出去无非就是两个目的，一是"挣钱"，二是"取经"。

任何一个地区乃至一个国家的振兴，必先经济繁荣，有雄厚的财力作依托。第一次工业革命成就了大英帝国的"日不落"宏图，钢铁大王、石油大王、铁路大王……诸大王称雄世界之时，正是美国的崛起之时。挣钱派以珠海人陈芳为代表。二百多年前，夏威夷在开发立国的建设中，有四分之一的人口是华人，而陈芳以"开价售货,自由选购,送货上门"创造了商业奇迹,堪称现代"超市之父"。于是他成为檀香山第一个百万富翁,娶夏威夷国王的妹妹为妻,生了一大帮儿女。百老汇根据他的故事改编成歌剧《十七个女儿》,曾长演不衰。他还被选为夏威夷国会议员。可见陈芳在当地的影响之大。同时他又是光绪帝任命的大清王朝驻夏威夷首任领事,授二品衔。

功成名就后,却携巨款回家乡投资兴业,乐善好施,留下了传颂至今的口碑及中西合璧的建筑群落,成为珠海的历史积淀和文化符号。绝不像现在的许多人,在国内挣(或捞)钱,到(或逃)国外消费。

落后不仅是身无分文,更重要的是心穷,头脑一穷二白,无法立足于世界丛林。既然当年唐僧西天取经成为"贞观盛世"不可或缺的重要文化元素,今人为何不可以再次去西天取经?取经派的代表人物当数早在 1870 年就倡议清廷派幼童赴美国留学的容闳。幼童赴美先后成行三批,计 200 余人,这些人学成归国后有相当一部分成为国家栋梁。有些走的是同陈芳一样的"实业救国"之路,所不同的是带着技术和知识回国创业,而不是带着现成的金钱回来。如中国首位杰出的铁路工程师詹天佑,设计修建了在那个年代算是"天路"的京张铁路,并创造了铁道"人"字形线路和"竖井开凿法",震惊了当时的世界。后又筹划了沪嘉、洛潼、粤汉、潮汕、锦州、萍醴等诸多线路,被称作"中国铁路之父""中国近代工程之父"。

幼童留美的另一重大成果,是出现了一些知名政治家、外交家,卓有贡献,为世人称道。仅珠海人就有《西学东渐记》作者容闳,为中国主权、外交权益及推进民主共和做出重要贡献的唐绍仪……至今,容闳遗风仍在延续,珠海名校"容闳书院",容古容今,闳德闳智,培养出一批又一批新的栋梁之材。

于是容闳被尊为"留学生之父"。

这个"父"、那个"父",一个珠海就出了多少中国"之父""首任""第一"呀!成就一座名城,是少不了这样那样的名人的,还必须有这样那样的精彩故事。世界就是故事。柏拉图讲:"谁能讲好故事,谁就拥有世界。"

珠海,已经开始在讲自己的故事。

来自各个国家的各式各样的飞机在航展上讲述珠海蓝天的故事;

沙滩在讲述情侣路悠长温馨的故事;

零丁洋在讲述海面上升起巨型彩虹的故事;

音乐家在日月贝大剧院莫扎特厅讲述现实与经典的故事;

制造家在讲述"让世界爱上中国造"的故事;

历史学家还在讲述赵宋天子后裔和他们的斗门赵家祠堂,以及才情卓异的浪漫和尚苏曼殊的故事,而现代建筑学家却在讲着让整个时代乔迁的故事……

一个个以"新城""世纪城""星园"等命名的花园般的住宅社区,让珠海变美,变高,变静,变大,大到许多社区里说着各地方言,乃至各个国家的语言。

似乎是水到渠成,"珠海中心",在十字门畔拔地而起。巍峨超逸,气蕴正大,与十字门四角八岸的建筑群落,交辉互射,气势盘礴,同天地共吐纳。

岁月倥偬,十字门终于等来了这一天,珠海也终于自然而然地形成了自己的中心。一个幸运的城市,都有一个独具特色的中心,一如纽约的曼哈顿、上海的"东方之珠"……

后来居上才是真正的优势。十字门不只是历史之门,还是开放之门,城市的门面之门。它原本就是十字形水道,四通八达,站在十字门珠海中心,远眺中国唯一有八个入海口的珠江下梢,海借江深入腹地,河系如网;江借海奔向世界,纵横决荡。江海一体,气势浩瀚,潮平潮退皆成佳景,天地贞刚之气不绝。

无论是否懂得中国传统风水学的人,来到十字门都情难自禁地赞叹这里好风水,生气发越,意态雄博,为千秋有荣之地。但,还是晚清重臣左宗棠的见识更高:"气运决定风水"。时也,运也,"珠海中心"应运而生,表达了一种长龙驾风、雄放畅逸的惊人之思,集中体现了海滨城市珠海的海洋文化的神韵气格:包容、开放、进取、敢为天下先。

十字门,也必将成为"金山珠海,天子南库"的黄金之门。

津沽趣谭

　　读孙福海先生近著《津沽趣谭》，大有"相见恨晚"之慨。先哲有言，生活在一个大城市里是幸运的。何况天津不只是大，还极富地域特点，如果生为天津人，而不了解天津特殊的历史文化、世态人情、民俗民风……岂不是一件大憾事？故此书可称作《"天津卫"百科全书》，或者叫《天津话大词典》。却是用单口相声般的语言写成，以天津话解天津话，将天津话文学化、故事化。每一句天津话的背后，都有一个典故或一段佳话，读来精妙练达，智趣横生。

　　比如"解手"一词，自明成祖年间就已经有了；"贴倒酉"则是清乾隆在天津"臭转"出来的；还有"打镲""亮嗖""四合套""咬老根儿""倒霉上卦摊儿"等，人们或知其然不知其所以然，或闻所未闻，作者都别为疏解，纤细无遗，令人为之绝倒。

　　其实，"趣谭"谈何容易？要有高卓的识见，从大量史料中发

现有"趣"的东西；还要有显豁出新的功力,能"谈"得有趣。《津沽趣谭》中有大量天津的地理及文化知识,诸如:

"海河"得名,源自明代大科学家徐光启;

天津号称72沽,实际只有21沽,另外51沽分布在宝坻、宁河两区;

如今名满天下的"四大名旦"之谓,最早是天津人沙大风喊出来的;

由莲花落演变而成的评剧,源于汉沽的"平腔梆子";等等。

还有,当年老鼓楼上摆有"天下第一鼓",如一间房子般大小,鼓响满城可闻,鼓面直径近两丈,这么大的整块皮子如何得来?早在一百多年前,天津已经是"国际大都市",可知第一部西门子电梯装在何处?能装得起这种电梯的又是什么所在?天津人为什么喜欢相声?马三立在愤怒的情况下如何还能逗哏……绝非只有民间传说,作者引经据典,条分缕析,识力深透。且语言明晓流畅,意趣幽远清新。

但,《津沽趣谭》最大的贡献,是复原了过去天津的城市精神,以及支撑这种精神的天津人的最大性格特点——"义"。遇事义字开道,仁义、忠义、仗义……

天津成全了河北梆子泰斗级的人物——"银达子"的赫赫声名。当时的声名似乎不像现在这样能紧密地跟财富挂钩,第一个在天津说相声的"相声祖师爷"朱少文,艺名就叫"穷不怕"。足见当时的艺人无论名头多大，也难以摆脱一个"穷"字。与银达子齐名的河北梆子演员"金刚钻"，贫病交加，带病演出昏厥于台上，又因无钱医治，惨然而逝。银达子戴孝演出，随后跪倒在中华茶园的大台上，悲恸欲绝，为"金刚钻"募化棺木。随后还一手料理了后者的丧事。类似的义举，以后在天津的梨园界和曲艺界多有发生，渐渐成为一种风气，乃至"行规"。

书中载，毛泽东曾看过侯宝林150段相声，即便是热爱相声的普通天津人，一生也未必看过这么多段的相声。这对研究作为一国首脑的情趣及时间分配，有重要的史料价值。只在看了《关公战秦琼》后，毛泽东要求侯宝林再说一遍。可见对这段相声的喜欢和重视。而这段相声是天津相声大师般的人物张杰尧所创，其艺名"张傻子"，能说429段相声，恐迄今也鲜有人能及。侯宝林根据自己的特长，对《关公战秦琼》做了调整，后来他将在中央电台录音所得的稿酬，如数寄给了张杰尧。

——那个年代，大师级的人物，多是正人君子，急公好义，肝胆冰雪。马三立救了赵丽蓉的场，也等于砸了她的饭碗，两人却成了过心的好友。这些正应了荣格的论断，文化的最后成果就是人格。此"趣谭"一书中，躺着过去大师们的灵魂。

历史的真相就是故事，而故事就是力量。托翁名言："活着就是为了讲故事。"作者恰好是"天津通"，满腹历史掌故、艺坛杂学，用天津话说："一肚子宝贝。"除去传播知识，笔下还活灵活现了一个充满戏剧性的时代,和众多充满戏剧性的人物。

加之他是"义"字当头的一代大师的嫡传弟子,守礼重义,处事温煦,尊奉"以虚养心,以德养身"的古训,文以化之,以文化人,于是"尊所闻而高明"。其神思丰沛,气象融和,心智坦诚敏妙,文字简洁纵逸,此书散发出来的深微而友善的意蕴,有益于世道人心。

经典作家云:"碰上命运赋予的题材和职业,才是幸运的。"——福海名副其实,令人称羡。故不揣浅陋,写此短文,以表贺忱。

汕头奇物志

佛手

名为"手"，其实是果，属芸香科，乃枸橼的变异。足见造化之神奇。此果状若佛陀手掌，丰厚、圆润、修长，或翘指如兰，或收拢五岳。

中国传统文化，自古就有一种"谐音现象"，"佛手"即"福寿"，于是便被人们奉为"仙果"。于是，原本生长在岭南温暖、湿润的山清水秀之地的圣物，却成了帝王将相、贤达名流室内的"守护神"。

清帝康熙的文案前，始终摆着一盆生机盎然的佛手……直至近代，邓小平的办公桌旁边，也放着一株活色生香的佛手……有人揣度是身边的人祈冀他们多福多寿，其实是另有妙用。

佛手通身是宝，果与花皆可入药，《本草纲目》称其有"理气化痰，止咳消胀，疏肝健脾胃"之功效。俗云"是药三分苦"，唯佛手，香气浓郁，常闻其香，提神醒脑，通窍和气；吸纳其香气，祛除暑躁，舒筋活络。

仙果就是仙果，不仅可以入药，还可熬制美食，任何食材加入佛手都可益增其香、益美其味。经过盐腌、蒸晒、浸渍、复蒸晒，再几腌几制，然后封于陶罐制作出来的"九制蜜饯"，更是蜜饯中的极品。

近十年来，我随香港商报"品鉴岭南"采风团，几乎走遍了珠江三角洲，却只在汕头周厝温村见到了近三百亩用"活晶瓷水浇灌"的佛手。登高一望，满眼佛手，累累摇摇，或金黄，或浅绿，芳香漫溢，令人心畅神怡。

万安佛手示范种植基地每亩地每年可产佛手 2 吨，如此多的仙果，纵使孙悟空在世，把他花果山的徒子徒孙们都招呼来，也消受不尽……还是天地无私，造福世人。

魔幻玻璃

学名"工艺玻璃"，在国内也是"蝎子尾巴——毒（独）一份"。就是在手掌厚或比手掌还要厚得多的，或小如书本或大于墙壁的玻璃上绣花、描龙画凤、雕刻各种具象和抽象的图案，有些还要在各样奇形怪状的厚玻璃上展现精湛的传统或现代绘画艺术,比如大厅的玻璃柱、屏风上的锦鲤、天井下的玉树琼枝……

澳门最神奇的迷宫威尼斯人度假酒店,在室内硬生生造了一个活的《清明上河图》,头上蓝天白云,运河水流激荡,帆樯林立,游人买票就可登舟……酒店的富丽堂皇和种种迷幻效果所借助的玻璃装饰,一开始包了两家欧洲的公司,花了一年多的时间竟搞不出来,最后还是由汕头的这家"集友工艺玻璃公司"完成了威尼斯人如梦如幻的玻璃饰品的创造——如此这般,还有很多。

集友公司的本部,也像个坐落于森林里的玻璃迷宫,建厂盖房时将所有树木都保留下来,树冠露在房顶外面,屋内则挺立着一根根有生命的柱子,是大树的树干。而大树旁的生产工艺,却极其精细、复杂,在外行看来简直就是魔术。

——这里是创造玻璃神话的地方,从这里运走的不只是迷彩玻璃,还是成人世界不可或缺的童话和梦幻。

国兰

兰花,谁没见过,有什么可稀罕的?

你可见过有人乐颠颠花 1075 万元买走的那盆兰花?

几百万、几十万一株的就无须再提了,谁如果有兴想见识一下,汕头远东国兰公司有个一万平方米的"空中兰花园",里面有世界各地的兰花一千七百多种,是"中国的兰花资源库",为亚洲第一。

这还是一家上市公司,被称作"世界兰花上市第一股"。

商品社会通行以金钱标示价值,有些人不肯相信这个标准,嘴上说世上总有些东西是金钱不能买的……其实他们说的那些东西,只是需要花更多的钱。论风雅,世上还有比兰花更雅的东西吗?朴素、洁净,却不意繁华,芳馥清风。古人云"兰为王者香""馨香比君子",兰与梅、竹、菊并称"四君子",是儒文化的一个符号。

在地球上的植物中,只有兰花,像人一样,一株一个名号:元田、中透、秦深素、大雪山、七彩红钻、粤海之光……"为草当作兰",对不懂兰花的人而言就是一蓬草,而懂兰花的人,买的是精神,是品格,是自己的喜欢和寄托。所以"黄金有价兰无价"。

三十多年前,远东国兰的创始人陈少敏,用打工几个月才挣下的三百元,在顺德的陈村买了盆兰花,如同当年他爷爷一样像抱婴儿一样抱回了家。如今他的兰花园下面是远东艺术馆,用世界各地的艺术珍品,托扶着他的兰花帝国。

"混"出来的奇迹

春节期间,我靠一本书挡住过年的诸般喧闹,获得了一种温暖而睿智的阅读感受。这是一个真实的故事,严肃而诚挚,却有一个嬉皮士式的书名:《跟着康培混世界》。美国一对杰出的华裔夫妇生了两个儿子:"一个是天才,一个是奇迹。"现代商品社会对各种各样的天才并不陌生,无须多言。单说"奇迹",其名康培,一生下来便"没有肺大动脉,没有右肺……是最严重的法洛四联症"。医生说,这种病人在医学史上最多只能活到两岁!

"天无绝人之路"般地遇到了一位"护命天使",这位来自上海的沈太太接过在褪褓中就被判"死刑"的康培,每一分钟都紧紧抱着他,不让任何一个人对孩子说出不祥的话,其口头禅是:"康培将来一定有出息!"就是由她最先宣布了"奇迹"的诞生。她就是抱着这个信念,把能想到的天下好东西都做给康培吃,一盎司一盎司地陪着孩子长大长高,"让他领略只有母爱才能够企及的

123

宽厚、温暖、细腻!"开悟了康培的灵性。几年后,沈太太交给康家一个差不多属于正常的孩子,突破了医学史的诅咒,"奇迹"初露端倪。

他活到十二岁时脊椎做了大手术,差不多又维持了十来年基本正常的状态。不知是一种诅咒,还是纯属巧合,美国"9·11"事件后(康培就在纽约世贸中心附近),康培每况愈下,"毛发一天比一天干燥,头皮形成块,一碰连着头发掉落,皮肤瘙痒,指甲发蓝,吞咽困难,四肢无力,差不多就是一具僵尸,他自己也一心想死"。此时年轻的浙江女子张静丽不请自到,为了答谢康培的父亲康海山曾经对自己的帮助,并劝老康带着小康离开纽约住到乡村去。她将全身脱屑的康培整夜整夜搂在怀里,一遍遍给他讲即兴编创的中国版《一千零一夜》,用从家乡学到的厨艺,做成让"僵尸"吃不够的佳肴美味,集"看护、姐姐、母亲、厨娘、卫士、女友……多重身份于一身,且做到极致,其女性的美,由内而外,闪闪发光"。康家人都亲昵地称她"丽丽",承认是她"给了康培第八条生命"。

书中用直笔对康培乃至他全家的生活都有全景的纵深的展示,每个人都被写得真实可信,气韵生动。不回避命运的成全与局限,以及性格中的明与暗,尽可能深刻展现他们心性的丰富,甚至真实到每个人的灵魂。尤其以浓烈重彩、赤诚火辣地突显了康培生命中匪夷所思的"奇缘"。这两位"护命天使"有两个共同点，一是抱，二是吃。抱是救心神，天下弱者、病者都离不开抱；吃是养身体，看来俗谚说的"女人靠睡，男人靠吃"不无道理。康培列出自己生命中最重要的三个女人：母亲、沈太太、丽丽。

如今他已经三十八岁，尽管"手只有十几岁少年般大小，双腿细而弯，难以支撑身体"，却已经出版了九本科幻小说。去年9月，康培"咳血，喉咙里还咳出块东西"。这对像他这样的病人来说是最可怕的信号，他自己感觉到"生命之秋真的到了"。将已经具备美国法律效力的遗嘱悬于墙上："请不要抢救我！"连自己的《奠仪纪念册》都已准备好。他相信有来世，并跟父亲商量好，死后将骨灰埋在乡间别墅四周的森林里……很显然，这不是个寻常意义上被死神追逐的人。于是，他的父亲康海山想请人给他写本书，让儿子"能够看到生命最后的灿烂"。通过朋友介绍找到了大陆作家杨道立。理由简单而虔诚，从网上看到杨道立的照片像菩萨，她是那种到哪里都能"留下满屋芬芳的女人"。

康培本人就是作家，别人写出怎样的文字才能让这个奇特的生命发出"最后的灿烂"？哪个作家该有怎样的勇气才敢承担这样的任务？然而杨道立经过考虑，畅快地接受了这个挑战，或许是为冲淡康培命运中沉郁的基调，才取了这么一个书名，却又怎一个"混"字了得？看似拉拉杂杂、家长里短，却时有惊人意象如珍珠般跳出来，通篇灵气漫溢、泼洒妙思隽语，下笔却如走钢丝，分寸拿捏得老到而精准。因为稍有不慎，轻者会伤害"奇迹"及呵护"奇迹"的人,重者会将一桩佳事变成错误,乃至灾难。因为主人公康培还患有四种心脏病,绝对不能激动!不激动又如何"倾诉他澎湃的心"?人人都在故事中,已经进入自己的角色又如何能不动情?作者用妙笔,自始至终地牵着"奇迹"中的灵魂人物康海山。他对儿子的爱,"深沉而提着小心",却已悲欢不惊,感应日月,几十年下来身上反而有了一种无论成败都扭曲不了的单纯和厚实的亲和力,大山崩于前也能"平静接受",通过一系列细节从容写出了他的深度和境界,智趣盎然。

如果说对上述人物的描绘表达了世间一种美好情感对康培灵魂的熔铸,那么书中用冷峻、客观的辣笔,通过"外婆"传导出另一类情感:"怨恨"——却是对康培灵魂的淬火。外婆出身名门,民国时期曾就读于清华大学,婚姻的失败或天性抑郁,经年累月沉淀为解不开的仇恨和愤懑,其负面情绪笼罩着家里的全部空间,甚至在夜间也会发出惊人的斥骂,折磨着家人又置自己于万劫不复。"像婆婆那样!"——成为康家人的一个诅咒。康培说"感谢婆婆,是她让我坚定地采用现在的方式生活,不用自己的不快乐去伤害别人,不依赖所谓现代医疗苟延残喘","对生命最大的尊重,就是要开心地活,舒服地死"。

不回避生活的严酷,"奇迹"才是坚实的、可信的。或是天赋使然,或是缘分奇佳,康培随之结交了一些根基深厚的智者。至此,成就"康培奇迹"最重要的两大要素都具备了:身体上的保健和精神上的提升。书中犹如神来之笔写到康培的精神渐渐强大起来,有了一种特殊的"尊严与力量",开始在意朋友,不只是接受帮助,也会不顾一切去帮助别人,甚至让人觉得很难找到如他这般忠诚的朋友。比如明明是丽丽帮了康家大忙,她自己却说是他们"改变了我一辈子",康家父子才是自己的"贵人"!康培的身体尽管"时时刻刻都在疼痛之中",整个人却变得独立、饱满,常常开怀大笑,充满想象,乐于助人,还成为一些求助者的"精神导师",为那些素昧平生的人提供人生的建议。"他觉得重要的事情,自我标准很高,道德标准很高。他从来不需要别人见证,自己有评价,要自己对自己满意。"

一位佛界中人甚至称康培"是个老灵魂"。这是此书最精彩的地方。对"康培奇迹"的形成及剖析令人心折,没有落入残障人励志成材的套路。读到最后,我忽然有些理解作者为什么会选择这样一个书名。里里外外围绕着康培的一群人,最初是为了照看他,后来变成在精神上以他为中心,感受着他在精神气质上处于高端所发散的感染力,吸收从他心里流淌出的纯净。与他相比,其他人确是在"混世界"。

听新疆人讲故事

任何一种旅行,其收获大小常取决于能否碰上讲故事的人。我多次去新疆,真正让我动心并由衷喜欢上当地的风俗文化,还是 2013 年 9 月参加《民族文学》新疆改稿班的采风活动。有幸在到达乌鲁木齐的当天,就结识了维吾尔青年诗人狄力木拉提,他就是自身有故事也善于讲故事的人,刚从天山深处走出来,身上还带着仆仆风尘。为记录九十岁以上的老人的故事,他在一个牧民家里住了三十五天。

有天晚上,繁星当空,四野静寂,他却心波难平,压抑着难以排解的思念、期盼,还有淡淡的忧伤,拿着吉他坐到草坡上,一边哼唱,一边弹拨,歌词仿佛是从心里自然流淌出来的,手指也随之就弹出了曲调。他本不识五线谱,更没有学过作曲,却写出了那首非常好听的歌曲《等待》,声调沉郁悠长,极富感染力和穿透力。我第一次听的时候还没有等翻译歌词,就已经满脸是泪。

凡有他在的地方,就会有歌声和笑声。从乌鲁木齐到阿勒泰,他讲了一路的故事,漫长的旅行变得快乐而短暂。在这里只能复述其中一个最简短的:"文革"时期,三个出河工的青年凑在一块儿比试谁更脏,第一个青年脱下自己臭烘烘的袜子扔到墙角下,立刻有苍蝇和喜欢逐臭拱腥的粪虫扑上来;第二个青年不以为意,脱下袜子奋力甩到墙面上,黏糊糊的袜子竟然粘到了墙上;第三个青年不声不响,也将袜子扔向墙面,袜子不仅粘在了墙上,还不停地向上移动,原来他的袜子脏到里面竟生了活物,驮着袜子向上爬。

狄力木拉提讲的故事全部来自生活,而不是网络;隽永而不伤大雅,无论男女老幼都能分享。他在讲故事的时候不大笑,也不板着脸扮酷,永远挂着睿智迷人的微笑,双眸深黑晶亮。我称他是一位智者,他却说:"在我家乡,智者和傻子很难区分。"随即又讲了个故事:他有个表弟常被人当作傻子,可他干活有力气,娶妻生子家庭圆满。有一天听人说孙悟空到了伊宁,他便赶着一群羊来到伊宁,向街边一个小贩打听:"听说孙悟空到了你们这儿,我想看看他。"小贩郑重其事地给他指路:"是啊,孙悟空师徒四人刚过去,就在前面。"到快天黑的时候,他又向一老者打听孙悟空在哪儿,那位老者依旧神情郑重却不无遗憾地说:"哎呀,孙悟空走了,过段时间他们还会来,下次你可不要来晚了。"难得伊宁人都有幽默感,活得平和而快乐,狄力木拉提的表弟倘是到天津、北京的大街上发出这样的询问，定会被人当作神经病，说不准还会恶语相向。那将是何等的败兴，完全破坏了大智若愚式的善意和随和。

9月8日，我们抵达阿勒泰，电视新闻报道了前一天国家主席习近平访问哈萨克斯坦共和国，在演讲时引用了哈萨克斯坦伟大的诗人、思想家阿拜·库南巴耶夫的话："世界犹如海洋，时代犹如劲风，前浪如兄长，后浪是兄弟，风拥后浪推前浪，亘古及今皆如此。"而这段话是时任《中国作家》主编艾克拜尔·米吉提翻译成中文的。当时艾克拜尔也在改稿班上，于是他介绍我认识了几位当地哈萨克族的朋友，他们似乎个个都能讲故事，从他们的故事中我知道了哈萨克是个没有乞丐的民族，犯罪率也很低，且绝少恶性事件。哈萨克族族人长子的第一个儿子要献给父亲，以保证老人们永远有人照顾。哈族人也极为尊敬母亲，辱骂母亲被视为最大的耻辱。

我跟他们在一起，会被一阵接一阵的大笑所感染，讲故事和听故事的人一同大笑，那是一种惊天动地的开怀畅笑，具有爆炸式的冲击力，在那种情势下谁想矜持作态都很难。一位副州长讲了他下乡的一次经历，吉普车里前后坐了五位大汉，后座上还有位胖子，半路上有位妇女摆手要搭车，司机为难地解释，实在挤不下了。不料那妇女接茬很快，且出语精警："只要心容得下，屁股就挤得下！"这简直就是格言诗，车上再挤也不可能没有这样的人

130

的位置。

　　哈萨克族人的故事中常见格言警句，我在一个牧场跟牧民随意交谈，打听当地草场的情况，也能听到诸如"一片土地的历史，就是生活在它上面的人民的历史"等妙语。

　　难怪哈萨克族能产生像阿拜这样伟大的哲人，现代哈萨克人把他尊为"圣人"。谈起他无不充满虔诚和崇敬，并引为骄傲。在阿勒泰的许多毡房、客厅、餐厅的正面墙上都挂着他的像。阿拜是圣哲，也是哈萨克族讲故事的人。德国思想家本雅明曾断言："讲故事的艺术即将消亡，我们要遇见一个能够地地道道地讲好故事的人，机会越来越少。"所以我格外珍惜听新疆人讲的这些故事，获益良多，至今念念不忘。

托尔斯泰二题

巨匠的手艺

　　一个谈笑风生的场合，有人话赶话地调侃托尔斯泰：你除去会写小说还能干什么？

　　当时在场的人都觉得这句玩笑话说得有点过分，而且也不是事实。大家都知道偌大一个雅司纳亚·波良纳庄园里的每一项农活，托尔斯泰都能拿得起来，不然他怎么管理近百名农奴，并为他们指派活计？俄国绘画大师列宾曾画过一幅闻名世界的"托翁犁地"的油画，列宾为这幅画准备了三个月，每天躲在一条壕沟里，靠沟沿上的灌木遮挡着偷看托尔斯泰犁地，因为托翁不喜欢别人为他画像。

　　托尔斯泰一向都教导家人自己的生活自己打理，自己能干的都要自己动手。他每天早晨自己拖着雪橇为楼里送水,他家的桌布、沙发垫也是他同为贵族出身的妻子索菲娅·安德烈耶芙娜亲手织的。托尔斯泰还曾经是一名出色的军官,指挥一个连队英勇地参加了塞纳斯托尔保卫战,并获得了四级安娜勋章,以及1853—1856战争纪念奖章……

可当时已年近花甲的托尔斯泰,并没有对朋友的嘲讽还嘴,未吭一声地回到家里,回到家就忙起来了。他的"车间"紧挨着他的书房,当中一张大木台子上摆放着榔头、钳子、钢锯、锉刀等工具,墙上挂着围裙……他为回应朋友的调侃,亲手制作了一双漂亮而结实的牛皮靴,郑重地送给了大女婿苏霍京。苏霍京哪舍得将老岳丈这么珍贵的礼物穿在脚上,便将皮靴摆上了书架。当时《托尔斯泰文集》已经出版了十二卷,他给这双皮靴贴上标签:"第十三卷"。此举在文化圈里传为佳话,托翁知道后哈哈大笑,并说:"那是我自己最喜欢的一卷。"

托翁乘兴又做了一双牛皮靴,送给了好友、诗人费特。费特灵机一动,当即付给托尔斯泰六卢布,并开了一张收据:"《战争与和平》的作者列夫·尼古拉耶维奇·托尔斯泰伯爵,按鄙人订货,制成皮靴一双,厚底,矮跟,圆头。今年1月8日他将此靴送来我家,为此收到鄙人付费六卢布。从翌日起鄙人即开始穿用,足以说明此靴手工之佳。空口无凭,立字为证。1885年1月15日。"后面还有费特的亲笔签名,加盖了印章。

手艺是精神的标记,行为体现了一个人的思想面貌。现代年轻人厌恶体力劳动,拒绝学习和掌握一门手艺,不管喜欢不喜欢读书,读得好和读不好书的人,都一窝蜂地往上大学一条道上挤,正应了俄罗斯的另一位大作家契诃夫的话:"大学培养各种人才,包括蠢材在内。"

而托尔斯泰,被誉为"全人类的骄傲"。他的全集出版了九十卷,是"每一个作家必读的百科全书""文学艺术中的世界性学校",其精神之丰富、深邃和博大,为世人所叹服。况且他出身贵族,可以顺理成章地当个令现代人无比羡慕的"精神贵族"。

而最让托翁深恶痛绝的也正是这个。

列宁称"在这位伯爵以前的文学里,就没有一个真正的农民"。他比国家废除农奴制早四年就解放了自己庄园里的农奴,还一直想把属于自己的土地转赠给农民,让自己的作品自由地无报偿地任由想出版它们的人去出版,为此不惜跟家人一次次闹僵。到八十二岁时还离家出走,想去当个农民,过一种自食其力的生活,在普通的劳动者中间度过残年。他到临死都信奉:"劳动,只有在劳动中才包含着真正的幸福。"

有一次托翁路过码头,被一位贵妇人当作搬运工,叫过去扛箱子。他为贵妇人搬运完箱子还得到了五戈比的奖赏。这时码头上有人认出了托尔斯泰,许多人围过来向他问好,那位贵妇人无地自容,想讨回那让她蒙羞的五戈比,却被托尔斯泰拒绝了:

"这是我的劳动所得,我很看重这个钱,不在乎有多少。"

伟大的精神导致伟大的劳动,强有力的劳作培养强有力的精神,正如钻石研磨钻石。本是伟大作家的托尔斯泰,却用自己的一生证实:体力劳动是高贵而有益的。轻视体力劳动和手艺,只说明精神贫弱,思想空虚。

托尔斯泰灯

最早这是一盏大号的煤油灯,吊挂在图拉州托尔斯泰故居的屋顶上。灯罩巨大,比灯罩更大的是下方一张直径近两米的圆桌,桌面上等距离地立着十几块隔板,隔板直接与灯罩连接,均匀地平分了灯光。

这就是矗立在 19 世纪俄罗斯文学高峰上的巨人列夫·托尔斯泰的发明。

孩子长到三四岁就要开始识字读书,怎样培养孩子阅读的习惯,并从阅读中发现快乐? 当了父亲的托尔斯泰就构思了这盏"连桌灯",或者叫"桌连灯"。最初这张大桌子上只有三块隔板,宽宽敞敞地坐着他们夫妇和一个孩子。后来他的夫人陆续地为他生下了十三个孩子,其中有两个夭折,到最后这张大桌子上均匀地分布了十三块隔板。

每到晚上,全家人必须都坐到这同一盏灯下开始阅读,可以读《圣经》，读课文或其他自己喜欢的书，找不到书读的孩子就得读托尔斯泰的手稿。教育的意义不全在内容，而是教育的手段。这捎带着也是一种测试，看哪些孩子或哪个年龄段的孩子，喜欢或不喜欢他的手稿，他的哪部小说的手稿受到了孩子们的欢迎，或者相反。

这一习惯一直延续下来，煤油灯曾改成汽油灯，再后来有了电，灯就更亮了。即使托尔斯泰不在家的时候，孩子围着他们的母亲阅读，父母都不在的时候自己读，他们"常常是充满期待地等着晚上的全家共同阅读"。

每个人心里都有一盏灯，人不是由于决心才有毅力，应该是由于习惯而有毅力。一个人的精神成长史，取决于他的阅读史。只有阅读能最有效地培养精神生活习惯，而好的习惯又培养性格，性格决定人生。教育孩子的目的就在于性格的培养。

这需要有"长性"。而托尔斯泰正好是个有"长性"的人，他从十二岁开始写日记，直到八十二岁去世，没有一天中断过。他的后人因得益于他的教育，至今还兴旺发达地生活在俄罗斯和欧洲其他国家。

辑四　世相札记

杂记

1

当下举世旅游大热,游客的素质却常被诟骂。于是文化与旅游的关系提上日程。文化本来就是旅游的灵魂。"旅游"一词最早见诸南朝梁沈约的《悲哉行》:"旅游媚年春,年春媚游人。"旅游可以产生文化,成为文化的摇篮。

被誉为"中国第一大书"的《史记》,便是先"游"后"著"的典型。司马迁在《太史公自序》里写道:"二十而南游江、淮;上会稽,探禹穴;窥九疑,浮于沅、湘;北涉汶、泗,讲业齐、鲁之都,观孔子遗风,乡射邹、峄;厄困鄱、薛、彭城,过梁、楚以归。"历时两年有余,几乎将要写到的地方都走了一遍。因此,古人说"游山如读史"。旅游才会有奇遇,经奇事,交奇人,催发才情。

同质时代,常常经历就是财富,差异就是优势。中国的许多文化经典也是这样诞生的,各种各样的"游记",成为中国文化的重要形式。《西游记》干脆在封面上就打出了"游"字的大旗。

"天地者万物之逆旅,光阴者百代之过客。"生命从诞生开始就是一场旅行,现代人更深切地理解了这句话的含义,遂使当今世界进入旅游的时代。几乎是无人不旅行,无人不出游,文化理应趁势而"化"之,而"引之、导之"。

提升旅游的品位,当是题中之意。

2

美国用了近二百年的时间实现了工业化。当年不惜一切追求工业化的美国总统艾森豪威尔,有许多关于工业化的名言,诸如"美国的事业,就是工业""对通用公司有利的,就是对美国有利"。当年辛克莱的工业题材小说《屠场》,被认为是一部"改变了美国"的书。小说第一次公开揭露了商人给食品染色,工人掉进高温煮肉桶,立刻只剩下几根白骨,其余的东西都变成肉罐头,死耗子掉进去也做成了香肠……当时的美国总统罗斯福边吃早饭边看《屠场》,突然大叫一声:"我中毒了!"随即将香肠扔出窗外,从此吃素……美国也开始制定各种各样的食品法……

3

有美的生态，方有"生态美文"。美文是生态的附属物。"生态美文"被提倡和重视，是因为人们对生态有了危机感。美文营养精神生态。"生态美文"是人们精神上渴求生态美的体现。

文学表现人类的天性，美文给人以慰藉和希望。大自然是神的杰作，美文是人的艺术。大自然的真实与单纯，是"生态美文"最重要的基点。"生态美文"，不能虚构。所以，凡美文描写的地方，是陷入严重危机的生态现状中的亮点。

大自然的自然是极致之美，文字及意蕴不自然就不是美文。美文美在自然，美在真实。生态文明是"绿色文明"，或许可以称是现代人类的最高文明。《尚书》里论道："经天纬地曰文，照临四方曰明。"生态关乎"经天纬地"，美文反映"照临四方"。

生态的恶化，教训了人类的狂妄无知。当置身大自然之中时，"最谦逊的人也会感到他自己是'人'"，这是一种自信。与之相比，现代人"自视甚高的浅薄自负算得了什么"！希望生态及其美文的大力倡导，能够帮助人们恢复这种"人"的自信。世界是一本书，旅行是最生动的阅读。走出去，越远越好，去发现生态之美，收获"生态美文"。

4

我一直信服这样一句话:在世间一切活动中,唯有人的故事最吸引人。他们有古人、今人、圣人、凡人、能人、奇人,他们之所以打动我,并与文学连接在一起,是他们的生命中那不同寻常的特质,以及他们人生轨迹的传奇性。经典作家称:"人是造物主的杰作。""杰作"中的佼佼者,才称得上是传奇。他们能告诉我们,"什么是最好的","什么是最合适的"。

我们不可能也无法追寻他们的足迹,但可以追求他们所追求的目标。巴尔扎克有言:"一代人就是一出有着四五千名优秀角色的戏剧。"我们所处的这个时代最基本的特点,体现为他们的品质。了解他们,有助于更深切地理解这个时代。于是我要尽最大的努力,真诚而温暖地记下他们。

5

世上没有光闷头干活不说话的人,作家写一些评论的文字,差不多就等同于"说话"。创作是一种"劳作",评论才叫"文章"。但作家的评论终究与真正批评家的文章有所不同,靠的依然是感觉,辅以理性和识见。有些评论不过是借题发挥,阐述和求证自己的创作理念,回应自己不赞同的观点。我写评论其实还是创作的需要,评说别人的作品,可知道自己该怎么做得更好。为别人的书写序,也是评论。凡向我求序,一般不会拒绝,我欣赏威廉·詹姆斯的话:"人类天性中最根深蒂固的本性就是渴望被人赏识。"因此这一部分文章我写得比较清醒、理智,注意章法。我为人作序有几条规矩:一、只说自己感觉到的东西,不说假话。二、只说真话中属于优点的部分,不谈缺点,倘缺点很明显就给作者另写一信,讲明这些缺点。既答应作序就要知趣,不扫人家兴。三、倘若对求序者的著作实在无话可说,就顾左右而言他,写上一点自己的文学主张去旁敲侧击。随着年龄的增大,我越来越认同詹姆斯的名言:"真正的文化以同情和赞美为生,而不是以憎厌和轻蔑为生。"

6

公众人物在公众场合不会说话,或说话不得体,显得不成熟,已经是当今社会的普遍现象,形成一种令人尴尬的社会文化,特别是官员们的"雷言雷语",尤为突出。"语言的本质是公共事物","音节乃万物之主"。特别是网络时代,世界尽在网中,谁说了什么话,想瞒住是不容易的,大有"一言既出,驷马难追"之势。

像英国前首相撒切尔夫人去世,各国政要竞相发表评论,其实是各国文化及首脑个性和智慧的展示,形成一种文化现象。英国前首相布莱尔不说她空前绝后、独一无二,而说"鲜有政治领导人能够不仅改变本国政治景象,而且改变整个世界"。美国前总统克林顿称她是"标志性女政治家,度过杰出一生"。普京说她"非常严厉、直接并且始终如一"。戈尔巴乔夫说"她会走入我们的记忆和历史"。不光褒扬,也可以批评,一位普通的英国女公民就尖锐地批评撒切尔的私有化政策,说她"是贼,偷走了我们的矿山、铁路和工作"!关键看你是否说得精当有文化。

7

尼采讲写作分两种,世俗写作和灵魂写作。俗世是灵魂的庙宇,庙宇固然可以安放灵魂,但俗世充斥着欲望。人生就是一团接一团的欲望,欲望得不到满足人就痛苦。而痛苦的感觉恰恰证明灵魂的存在,即便是在物质时代,人再怎样精变,也不可能都变为"物质动物"。爱德华兹讲:"物质世界只有灵魂存在。"真正能将灵魂从物质中提炼出来的,也不是死,而是生的态度。现代人渴望成功,即便是世俗的成功,往往也有经典因素。而作品的灵魂(思想)和故事,就是任何文学形式都离不开的"经典元素"。

8

龙——是中国人的图腾。龙的优势在于腰。腾、转、挪、闪，全靠腰的功力。掌握和支撑庞大的身躯也仰仗腰。人断了双腿，有轮椅代步。断了双臂用脚写字。腰椎一断，灵魂顿失，不死也废。腰支撑的不仅是人的躯体，还有人的精神和尊严。

9

龟——动作缓慢，且经常露着眼睛缩着脖子，有东西一碰立刻将头闪电般地缩进自己的硬壳。它是进慢缩快，慢是为了缩，动作太快就会缩不及。此物却被人类奉为智慧和长寿的象征。它的智慧在于缩，能长寿的原因也是因为会缩。缩是防，是养，是暗笑，是"无为而无不为"。狂躁的寿命只有几十年的人，却骂它为"缩头乌龟"——岂知它这一缩，就缩成了"千年的王八万年的龟"。而文明人类的历史才不过几千年。龟才是历史的吉祥物。

10

鹤——吃得很少，从不吃饱，经常是空腹。正因为它永远空腹,才飞得起,飞得高,能以高空为家,人云:天是鹤家乡。野鹤如闲云。空腹,头脑就清醒,不忘追求。人的拖累就是肚囊,一辈子为肚子忙活,肚子塞饱了又会犯困。待到大腹便便,方知肚囊的累赘。甚至到人死了,肚子还是个垃圾桶,鼓胀得很高,惨不忍睹。

空腹诞生的时候那么可爱,满腹告别世界的时候那么丑陋。

11

西安华山厂 16 街坊有一姓王的人,养着一只母京巴狗。有一次此狗陪主人外出,受到一只公狗的非礼,回家后便足不出窝,拒绝进食,三天后饮恨含羞而死。人类常以"母狗"诟骂淫荡的女人,看来是冤枉了母狗。"你这个狗娘养的"也许成了一句褒奖的话。

报纸在发表这一狗新闻的旁边配了一条人的新闻:新疆精河县 82 团基建公司周某夫妇进城采购,周某发现小偷拉开了妻子的挎包拉链正欲行窃,他不敢阻止小偷却打了妻子一巴掌,以提醒她看好自己的包。周妻为丈夫的软弱、窝囊行为感到无地自容,很快就办妥了离婚手续。

12

　　天津宝坻县王卜镇一王姓农民,养了两只下蛋很勤的母鸡,有一天,其中的一只因下蛋脱肛,主人便把它杀掉炖着吃了。另一只母鸡为同伴愤愤不平,以绝食抗争,并"咯咯咯"地悲鸣不已,数日后气绝身亡。动物越来越有廉耻、越有志气,人却越来越卑鄙无耻。人类咒骂同类有一句很恶毒的话,叫作"你这个畜生",当为自己开脱时,则喜欢说"大家都是人嘛"。言下之意因为是人,无论干了什么缺德的事、龌龊的事都是可以理解、可以原谅的。今后再把人骂成畜生,实在是抬举人类了。骂动物中的败类,倒可以用这样的话:"你这个人!"

13

　　俄罗斯大马戏团的驯虎员贝尔纳排练了一个"老虎和人相爱"的节目,久而久之,忠诚而单纯的雌虎苏尔塔娜真的爱上了男主人。每当这个节目一开始,贝尔纳无须用鞭子,雌虎就表现得缠绵妩媚,柔情万种,激动的观众掌声不断,如痴如醉。男主人却利用雌虎的痴情大赚其钱,大抬自己的身价。一次在斯德哥尔摩表演"人虎相恋"时,惹得体重三百二十公斤、曾咬死过驯兽员的雄虎雷克斯醋意大发,怒不可遏地扑倒贝尔纳,正要把他撕碎的时候,雌虎苏尔塔娜扑过来营救自己的恋人,和身躯庞大凶猛的雄虎打在一起,最后终因不敌被活活咬死。

它不惜以性命救护下来的恋人安然无恙,继续和别的雌虎表演假相恋。当今社会,骗婚骗色的事情几乎天天都有,人类不仅骗同类,又开始骗取动物的情感。动物保护协会应该赶快制定禁止人类对动物进行性骚扰的措施。

14

居住在美国亚拉巴马州的斯图尔迪夫妇,收留了一只在他们花园里吃浆果的雌鸸鹋。此鸟身高 1.80 米,可能是对他们表示感谢,每天亦步亦趋地追随着他们,并从喉头发出怪异的声音,像是歌唱,又像是求偶,令斯图尔迪夫妇惊慌不已。他们向天鸣枪,希图吓走鸟小姐,但雌鸸鹋不为所动,照样追随着他们歌唱不已。斯图尔迪只得打电话向动物管理部门求助,据动物管理部门的人讲,这只雌鸟显然是喜欢上了男主人。

——这只是人类的解释,是人类的一面之词。而且是典型的"叶公好龙",向大鸟表示友好在前,当大鸟回报他们的好意时又惊恐万状。怎知雌鸸鹋就是爱上了男主人,而不是向他表示友好? 人类一听到雌的就很容易联想到性,联想到爱,可谓以小人之心度大鸟之腹。还说明,人类家庭已经脆弱到怕一只雌鸟来插足!

15

墨西哥库拉若州的选民,对无能且生活腐败的议员凯撒·门多萨深恶痛绝,为了赶走他竟投票选举一头二十八岁的驴为库拉若的新"议员"。无独有偶,作家张长著文,中国某地人民代表大会换届,群众投票时将三名"人大代表"候选人画"×",改选化肥、农药、柴油。前者体现了墨西哥人的幽默和舆论的无畏,后者体现了中国人的老实和无奈。民以食为本,国以民为本,人民代表不为民办事,不如变作化肥更实惠。

16

瑞典向科威特出口大批狼尿,撒在公路上吓跑麋鹿、骆驼等动物,以免它们影响交通。哎呀,连狼的尿都这么厉害!人们常说"狗屁不通",狼尿却可大"通"。瑞典又是怎样采集"大批"的狼尿呢?莫非瑞典野狼都懂得定时定点地往准备好的容器里撒尿???

17

英国威尔特郡撒菲拉动物园,绞尽脑汁想让两只害羞的猩猩交配,好制造出下一代。根据它们喜欢看赛马和其他动物生活录像带的经验,管理员给它们播放色情录像带,希望能刺激起两只猩猩的性欲。结果它们频频打呵欠,毫无反应。这才叫"以小人之心度君子之腹"哪。人类喜欢观看同类或其他动物的交配,以为动物也会像人一样。岂料,动物对人类喜欢干的勾当竟全无兴趣。

18

美国三十三岁的银行家泰勒·戈斯莫,性格内向,找不到女友,娶母马为妻。又一美国人哈克尼斯,厌倦了与女人闹别扭,最后悟出他一生中真正爱的是自己的车,于是和凯迪拉克结为夫妇。还是美国人,汤森,经历多次恋情后嫁给了自己。还有娶羊为妻的,与机器人、电脑、母牛、蟒蛇结婚的……这都不算什么,最绝的是哈尔滨的葛某,娶断气的姑娘为妻,敢与死人结婚。

他们争奇斗怪,热闹了半天,还是跳不开结婚这个俗套子,还得要这个形式,这份名义。这却给正常人带来麻烦,我奉劝诸君,当你看到一个人和一件东西在一起,或一个人和一个动物在一起,千万别乱打招呼,自以为是地乱下定义,没准人家是一对夫妻。

19

形容浓眉大眼又一肚子草包,叫"眼大无神"。而世界上最眼大无神的动物是鸵鸟,它的眼睛比脑袋还大。因此牵累其他鸟类,人类常以"菜鸟""笨鸟""损鸟"等来嘲讽同类。

20

军事重器都有名字,比如辽宁号航空母舰、东风 X 导弹……甚至连有些枪支也以发明者的名字命名。1964 年 10 月 16 日中国成功爆炸的第一颗原子弹叫"邱小姐"。最早给它起名叫"老球"。状如球,取其谐音叫"老球"。后来"老球"的上部加了许多电线,形如长发,遂更名为"邱小姐",也省得想象力活跃的人想歪了。想歪了又如何? 世界上有许多事情都是歪打正着。原子弹的名字由极端阳刚,改为极端阴柔,反映了在大西北的荒漠中研制和试爆原子弹的人们是何等的想象力丰富,可爱而有情致。

现代人就直截多了,近日南方一家大报的大字标题:"国产伟哥金戈的逆袭之路"——报道了此药又是获奖,又是创销售奇迹。"金戈"就是"金枪",并让人很容易联想到形容男子性能力的一句老话"金枪不倒"。比"伟哥"多了些进攻性,"逆袭"自然不在话下。

21

参观小站"北洋博物馆"才知道,我当兵时几乎天天要唱的《三大纪律八项注意》,其曲调竟来自德国的《练兵歌》。清朝后期袁世凯在小站练兵,请来了德国教官,于是将德国的《练兵歌》填上新词,训导北洋军。至于后来这个曲谱又如何被八路军所用,却不得而知,朱德留学德国时有可能听到过这首歌,八路军的人也有可能听北洋老兵唱过这首歌……

而冯磊在报纸上撰文说,《东方红》的曲调来自陕北酸曲《白马调》,原词是:"骑白马,跑沙滩/你没有婆姨呀我没有汉/咱俩捆成一嘟噜蒜,呼儿嗨哟/土里生来土里烂……"

"音节乃万物之主",音乐是人类共同的语言,人家想唱,你还能堵着人家嘴?

近日媒介报道:"93%的委内瑞拉人无力购买足够的食品,80%的人口每天只吃一顿饭。"

——猛然想起五十年前的"度荒"。被减肥的鼓噪声闹得险些忘记了饥饿。原来饥饿并未远离现代人类。想想前几年经常在电视新闻中看到委内瑞拉前总统查韦斯风光无限、大肆张扬的情景,仿佛就是昨天。

23

普林斯顿大学专攻"冷僻的道德哲学"的教授捷·法兰克福的《论屁话》,一问世便登上美国畅销书榜首,短短几个月再版 10 次,随后每天还平均销售 50 册。这是个惊人的纪录,看来"屁话"太多,已是当今世界相当普遍的现象。在法兰克福看来,这一现象还"越来越严重"。

什么是屁话?法兰克福将其大致分三类。

第一类,大家心知肚明,彼此都言不由衷,说的人不知所云,听的人一头雾水。甚至说的人自己不相信自己的话,并知道听的人也不相信他的话;听的人也知道说的人知道听的人不相信自己的话……但还是滔滔不绝，屁话连篇。

第二类，由于职责所在，或话题超出了他的知识范围，还非要说上一大通，屁话便产生了。比如一个出租车司机，车轱辘一转就开始谈论天下大事，很像是政府首脑或联合国高官。或一个官员，在竞选的时候要公布自己的履历，大家对他是学什么的，能吃几碗干饭很清楚，他一旦当了官就变成无所不懂的万能人，到哪里视察都要指手画脚，滔滔乎其来，屁话就不可避免了。

第三类，屁话和谎话是有区别的，因当代社会由市场导向，强行推销，天花乱坠，将谎话掺杂在屁话中，汹涌的屁话里又有谎言。既形成现代人多元的价值观，使其价值判断模糊乃至扭曲，又培养了形形色色的怀疑主义……这就是屁话盛行的巨大社会温床。

24

在中国官场，情妇形成了一支"反腐义勇军"——这已经不是新闻。近两年小偷加入举报的行列，并屡屡奏效，引起社会关注。日前一对女贼在网上爆红，房云云和唐水燕，专偷官员，发现肥得实在看不下去就实名向巡视组举报。凡经她们举报的，一查一个准。当然，她们也被抓了。其实她们被抓后的口供中，还有一部分内容可呈送给组织部门，作为提拔干部的参考："还是有好官的,他们的办公室很干净,我们很佩服。"

——贼也有义。

由于小偷太多了,像现代社会一样各色人等俱全,黑龙江呼兰人胡某,酷爱书法,每入室盗窃找不到可偷的钱物,便用毛笔蘸酱油或其他调料在墙上题词,诸如:"你家真穷,努力吧!"到处留下墨迹,自然也就很容易被抓了。被抓后颇有喜色,并表示:"在狱中要苦练书法。"——这难道也是成为书法家的一条途径?

盗贼变异不只中国,这是世界潮流。日本一贼,入室盗窃,先制服恰巧在家的女主人,将她捆了起来,随后顺利拿到了钱和银行卡,却没有马上离去,而是给被绑着的女主人做了几个小时的肩部按摩,帮助她"放松",并答应取到款后立即把她银行卡寄还。

还有一种小偷,长期让警察抓不着,甚感孤独。于是不为钱财,就是想露一手,向警察炫技。美国一"偷王"找了两个助手,从圣安东尼奥水族馆偷走了一条名为"佛氏虎鲨"的大鲨鱼。后来水族馆发觉报警,当地警长萨尔还无论如何都不相信。

——科技在不断进步,梁上君子的偷技也出神入化,进入幻术的境界。倘若再以现代高科技武装,盗窃大军是不是真的可以在当今社会纵横捭阖、如入无人之境了?

25

西班牙《国家报》2018年5月20日报道，该国前首相拉霍伊，5月初遭议会罢免，两周后就回到原工作单位，人口只有3.5万的海滨小镇圣波拉重操旧业——继续做小镇上的"财产登记员"。当地媒体认为，这对拉霍伊来说应该是很理想的，这份工作比做首相轻松得多，收入却是首相职位的两倍多（西班牙财产登记员平均月收入1.5万欧元，约合人民币11万元）。

——从一国首脑变为小镇公务员，可谓"一撸到底"，可收入又翻倍，又像"衣锦还乡"。如同当初他竞选成功一步登天、没有人觉得奇怪一样，下来了也算不得是什么事。西班牙语里没有现成的"能上能下"这个词组，他们却是真会上，也真能下，上得欢天喜地，下得理直气壮。但愿能有一天，我们对这类事情不再觉得新奇，或许"能上能下"这四个字，就不只是挂在嘴边了……

26

我一直以为"欲火"是心里的内火，不是身外明火。最近美国一男子，在成人录像店看黄色录像，看着看着突然浑身起火，由"欲火中烧"引发熊熊明火，几近丧命。医生和生物学家无法解释,当地的牧师却给出了说法:"这是上帝在烧他!谁叫他这么堕落。"

27

许多年前,一知名作家忽然宣布梦中得了两句好诗,很快有人指出那是两句唐诗。于是人们也就把他的"梦中得句"当成了笑话。我却一直认为那是难得的佳话。他能公开自己的梦中得句,就说明他不知道那是唐人的诗句,并没有把《全唐诗》背得滚瓜溜熟,借梦拿来两句为自己贴金。他的成就根本用不着这样。那就只有一种可能,他在梦中和唐诗的某种意境契合,或古句进入他的梦中,或他乘梦感受了唐人的诗兴,无论哪一种都是难得的好梦境。

去年冬季,被尊为"国宝级诗词学大家"的叶嘉莹先生,以九十五岁高龄在文化中国讲坛上站着讲了一个多小时,其中谈到了梦中得句:一生没有过过酒边花外的日子,不是在苦难之中,就是在劳苦的工作之中,梦中却有了这样的句子,"酒边花外曾无分,雨冷窗寒有梦知"。有时从李商隐的诗里找到与自己的人生际遇特别贴切的句子,与自己的梦中得句杂糅成诗:"换朱成碧余芳尽,变海为田凤愿休。总把春山扫眉黛,雨中寥落月中愁。"

28

　　《青年参考》载文，去年6月25日，宇宙间的第一个太空国家"阿斯伽迪亚"宣告诞生，也可以说是人类的第一个太空殖民地。首任太空国元首，是55岁的俄罗斯科学家、商人和慈善家伊戈尔·阿舒尔贝利，公民有来自地球上200多个国家的20.3万人（其中美国人2.6万居首位，之后是土耳其人和印度人，中国人1.5万位列第四），一个由150人组成的议会，一部经该国公民网上投票通过的宪法。

　　其建国的目的是"因为地球没希望了，人们在太空国生活和工作，完全和平，没有冲突"。其最终目标是"25年内在近地轨道建立永久有人居住的太空站"。地球人凡年满18岁、没有重罪定罪记录，都可免费申请成为太空国公民，获准后每年要缴纳100欧元税金。迄今已经收到了超过50万份的申请。

　　——这很像好莱坞科幻大片，但科幻电影里都有暴力、战争、邪恶和正义，国家建在地球上不安全，建在太空就安全吗？世间灾难无非两大类，一类天灾，一类人祸，人才是"冲突"的根源。何况"阿斯伽迪亚"太空国的公民还都是地球人。见证这个太空国的成立是上百名地球上的各个国家的外交官、工程师和法律专家，太空国国家元首的就职典礼是在地球上的奥地利维也纳的霍夫堡宫前。太空国本身也建在地球的轨道上,目前太空不知有多少地球人发射的卫星和丢弃的垃圾,而且还在不断地增加……倘若地球真的有了大麻烦,阿斯伽迪亚国还能平安无事吗?

有太空情结,又有这个能力,到太空像小孩过家家一样玩一把,而且玩得这么大,还是令人惊奇和钦佩的。

29

美国一网站近日报道:"经男人评选出女人身上最诱人的部位,40%的男人认为是女人的胸部,将胸部作为女人诱惑男人的第一凶器。"

——美国似乎管闲事的人特别多,调查什么、研究什么的都有,把许多司空见惯、心照不宣,甚或只可意会不可言传的现象,非要掰扯透彻了,拿出数据,讲明道理,不知在什么地方就会有大的收益。

比如,中国传统文化这样文绉绉地形容女性的胸部:"从来美人必争地,自古英雄温柔乡。"而美国一调查机构,对 500 对 30~40 岁的夫妻,进行关于"胸部与幸福指数"的调查,结果显示:"女性胸围 A(最小)的离婚率为 37%,胸围 B 的离婚率为 16.3%,胸围 C 的离婚率为 4%,胸围达到 D(最大)的女性离婚率为 1%。"

这下你知道,全世界的女人只要有条件都去隆胸的原因了吧。许多年下来,此风不知还会延续多少年,隆胸创造了何等巨大的经济收益!至于是否能提升男女幸福指数,只有当事人心里才有数。

30

报载:中国工程院院士、上海市第九人民医院教授戴尅戎说:"全世界有两百多个国家,看病要付钱的只有二十几个。其他的国家看病都是不要钱。"

——那又如何?他把结论、也是他最想表达的意思省略了,让别人去猜、去替他说出来。这是当下很流行的一种说话技巧。当然,能说出这样的半截话也很不错了。

31

截止到 2018 年底,美国联邦地方法院资深法官威斯利·布朗,年已一百零四岁,却仍穿着法官袍,端坐在法官椅上,一边吸着氧气,一边审讯断案,主持公道。他说:"边吸氧气边开庭,只希望能做到死。"

——为公道而死,死也要维护公道。这就叫:德高、望重、公正。这样的一位老法官,必然会成为一面法律的旗帜。

不是所有的人老了都是宝,能成为"国宝"或本领域的"一宝",才有可能不被"一刀切"。

32

我住的小区如同过去的大杂院,穷人乍富,攀比之风甚盛,你养狗,我也养狗,你养一条,我养三条,现在流行怀里抱着猫放狗。为什么叫"放狗"而不是"遛狗"? "遛"是只牵着一条狗,"放"是牵着一条还散跟着三五条,一群一群的,再加上怀里抱着的,手脚真够忙活的。现在的时尚是"人仗狗势",有钱而且厉害、让邻居们眼馋和畏惧的标志是:猫狗双全。

33

郑州市商务局日前发出通告:"必须人道屠宰生猪,宰杀前须停食静养至少十二个小时,宰前三小时停止喂水,否则罚款。在生猪静养期间,不得有闲人打扰,不得限制生猪在圈内自由活动……"

浙江松阳县竹源乡一座老屋,因地质灾害综合治理要拆除,但房梁上燕子窝里还有四只不会飞的雏燕和七枚蛋。专家表示,燕子蛋孵化需十五天左右,雏燕学会飞翔、觅食需十天。于是相关单位决定推后一个月再拆这间老屋。

主流媒体在报道上述新闻的同时,还报道天津一男子手持利刃冲进医院,将正在为病人施治的女医生刺死,事后说:"我不认识她,该她倒霉。"昆明一人开着车在闹市区横冲直撞,造成多人死伤。事后说:"心情郁闷,撞死谁都行。"——在犯罪心理学上这叫"无差别杀人,杀谁都行,碰上谁杀谁"。

更为邪乎的是,安徽大学新闻传播学院原院长芮必峰,在操场上散放身高八九十厘米的藏獒,安大文学院老教授顾祖钊说他不该不给狗系绳,芮必峰上去一拳,将顾祖钊的眼眶壁骨打裂。真厉害,身边有藏獒还怕什么!

——若从对待动物的态度上看,社会的文明程度似乎在提高,可人对待人的态度却越来越恶劣,对猪实行"人道",拿人却不当人,人贱畜生贵。要知道人也是动物,即便你不拿人当高级动物,当一般动物也行呀。这让我忽然明白了一件事,2018是狗年,好像成了所有上班族的本命年,办公室里一下子狗多起来了:加班狗、单身狗、考研狗、创业狗……或被唤,或自谓,无不欣然、默然,并不在意。或许就因为做狗比做人还要硬气。

34

看中央电视台的一档节目,主持人现场采访一名女观众,自称是上海人民公园相亲角名人,坚持为女儿物色对象五年六个月零三天。主持人说,身居大上海是不是太过挑剔,外地人要吗?

那位大妈应声答道:"不要问我外地人要不要,我外星人都要!"

旁边一位观众接口说:"想得倒美,真有外星人招亲,还不抢破脑袋!"

——真是急了!网上说中国大妈有三大贡献享有世界声誉:"抄底黄金、跳广场舞、替女儿招亲。"

故事与事故

1

社会转型,变化剧烈。故事多,事故也多。如何区分? 正如婚外恋,在文学作品中是故事,在现实生活中就是一场事故。

一件事情的正反两种走向,其悬念取决于当事者的命运,也少不了事情发生的地域环境及旁观者的视角。譬如美国禁止"师生恋",被视为道德规范的基本要求,有教师违戒一律开除。法国现任总统马克龙的"师生恋",不仅修成正果,还成为世界级的佳话。

世界是多元的,既可以把故事看作事故,也可以把事故想象成一个故事。一般故事有多精彩,事故就有多惨痛。

2

生肖轮流转,轮上谁当值,谁的故事就特别多。2018为农历狗年,一时间关于狗的话题铺天盖地。《羊城晚报》载新华社专电:"印度东部奥里萨邦一名不足两岁的男童,与邻居家的一条狗举行婚礼,只因他的上颌长了一颗小牙。村民一同参加酒宴……"是因为有了一颗犬齿,就有了与狗结婚的理由,还是因为有犬齿必须与狗结婚? 新华社的专电披露,当地人信奉上颌长牙的人与狗结婚可"得到天神护佑"。

这则新闻或许标志着狗与人的关系已正式升级,由宠物与主人的关系,变为平等的乃至相互转换了地位。一家狗食公司公开打出广告,声称在产品中添加了营养人脑的"脑黄金"(DHA)。华南农业大学兽医学院开始为生病的狗扎针灸、喂中药,下针的地方跟人身上的部位一样,"百会""尾根""环跳""后三里"等。

他们诊断出现在的狗,竟然也得了人的常见病:心脏病、糖尿病、皮肤病和其他各种疾病。科学家曾宣告,过去的30多年中,75%新出现的人类疾病,都是由动物传染的。而上述几种"狗病",应该是人传染的吧? 所以才用治人的办法治狗。

过去有句话叫"狗眼看人低",现在是"人眼看狗高"。人吃的方便面3元一袋,狗粮25元一袋;人洗澡15元一次,狗洗澡50

元一次；人领结婚证 9 元，办养狗证 100 元……

过去是"狗仗人势"，现在是"人仗狗势"，人以狗贵，人以狗显。狗咬人已不是新闻，人若打了狗，那还了得，轻则当街罚跪、罚款、重责。狗挡道若被轧死，肇事者还要被罚披麻戴孝。

对那些脾气无常说翻脸就翻脸的人，人们常以"狗脸"斥之。如今大街上的狗脸越来越多，新称呼叫"路怒族"，正应了那句"人模狗样"的老话。说来归去未必是狗不想当狗，要翻身做主人，而是有人不想做人。

3

人类、人类，人是要分类的。

恐没有人能分得清现代人有多少类？我粗略一算就不下一百多种。单讲男人，就分熟男、剩男、面男（当下正吃香，成为未婚女性择偶新宠）、超男、型男、贱男、宅男、海归男、隐形男（来无影去无踪，神秘难测）、龙眼男（甜言蜜语，华而不实，肉薄核大）、玩具男、学术男、凤凰男、樱桃男（阴险狡诈，心机深沉）、便当男、牛奋男（勤勤恳恳，执着上进）、肌肉男、西瓜男（外表强大，内心脆弱）、苹果男（踏实平稳）、食草男、经济适用男、的哥、空哥、帅哥等。相对的，有多少类男人就有多少种女人，诸如孔雀女、优剩女、普相女、三不女、肉食女、败犬女、富婆、二奶、阿尔法女等等。

按人的质量还可分成绝品、珍品、上品、次品、废品等诸多等级。按人的习性又分为彩虹族、晨型族、婚活族、草莓族、寄托族、考研族、考证族、考碗族、FUN族（爱健身、注重心理、善于调理营养膳食）、NONO族（个性低调，喜欢说不）……若再参照"人以群分"的规则，那就无人能算得清现代"微信人"到底有多少群，大群里套着无数小群，小群里有无数"单发"……

分类，就是分化。越分越散。形散，心也散。此乃大势所趋。这是个分化的时代，又是个拉帮结派的时代。过去世界就是三大块：资本主义阵营、社会主义阵营、第三世界。如今则分成了多少山头？欧盟、东盟、七国集团、二十国峰会、金砖四国、环太平洋组织、大西洋联合体……一方面世界一体化，一方面又不停地分化和重组。

灾难、责任一体化，好处最好自己拿。

如此看来又岂止是人分"龙眼""苹果"等诸型，世界上的国家也是各型各类。只是不要把地球弄成个"龙眼球"才好。

4

2010年的新年，我正在法国南部的小城戛纳。晚上在海边观看法国人的狂欢，到深夜熬不住了便回酒店睡觉。睡梦中突然被尖厉的警笛和狂乱的喊叫惊醒，起床到窗前向外看，从我的房间看不到海滩,但见到了火光和浓烟,以为是狂欢者不慎引起了火灾,倒头就又睡了。

第二天,陪同的法国朋友拿着当天的报纸对我说,昨晚新年夜的狂欢又引发了暴力,年轻人一共烧毁了 1137 辆汽车,所幸比去年创纪录的毁车 1147 辆少了 10 辆。我忽然想到莎士比亚太厉害了,他早就警告过:"狂暴的欢乐,得有狂暴的结局。"但我还是无比惊诧,问法国朋友,莫非你们年年的狂欢最后都转化为狂怒?又转化为狂砸,而被砸的又都是汽车?

法国朋友一时无法回答。现代发达的心理学、社会学、政治学、经济学等又怎样解释人们由狂喜骤然就能转变为狂怒的呢?选择的发泄对象为什么又总是汽车呢?汽车不是现代人的最爱吗?尤其对男人来说,汽车简直就是用钢铁、电子和玻璃制成的"伟哥",可带来强大、舒适和自由的感觉。年轻人结婚不是必须要有房有车吗?西方有的年轻人干脆就和自己的座驾结婚,认为四个轮子的汽车比两条腿的配偶更可靠。汽车改变了人的习性,改变了人对距离的感觉,可尽情享受速度带来的快感和不需要步行的自由……

这难道是由爱生恨?

如今恨汽车的人确实越来越多,中国媒体曾广泛报道过一位兰州老人,手拿砖头,站在兰州南滨河路金港城北门前的斑马线上,只要有车辆闯红灯经过,飞砖就砸,一晚上可砸 30 多辆。

2007年,英国做了一项民意调查,评选十大最烂的现代发明,汽车就在其中。理由是它使城市无限扩张,扭曲了城市原本的意义,使人在街道上失去了尊严。

社会无疑已经进入汽车时代,但汽车时代的文明与秩序何时才能建立起来呢?

5

最近这几年,重庆或许是最令世人瞩目的城市,总有惊人之举,或发惊人之语。东方卫视报道,千人蹲位厕所亮相重庆,该厕占地三千平方米,全部由环保材料建成,可同时接纳上千人方便。因此号称世界上最大的厕所,正欲申报世界吉尼斯纪录。只是不知何时会有一千人恰好同时都憋得难受来如厕,届时这个巨无霸厕所四周的气味会如何?

有这等新奇事,而重庆市民钟运相却发觉自己竟不会笑了,经多方打听,知道深圳有一个教人笑的地方,便花费五千余元去学会了怎样笑。于2016年1月31日晚,"带领上百万市民,在重庆市人民广场一起大笑,笑走烦恼"。事后钟先生感慨良深,原来这个世界上忘记了怎么笑的人还真多,他想把重庆所有不快乐的人都集中起来,教大家学会笑。

先不说为什么重庆会有那么多人不会笑了,虽然这堪称又是

169

"一项吉尼斯纪录"，只想问钟先生，带领百万人一起大笑是怎样的一种笑？是发自内心的畅快之笑，还是强笑、狂笑、傻笑、为笑而笑？凡事有度，大笑过度也可能会带来不良后果，不是有"乐极生悲"一说嘛。

科学家说，正常人在婴儿期每天会笑 300 次，10 岁以后这个数字下降到平均 6 次，60 岁以后平均就只有 2.5 次了。如果无缘无故地傻笑，则是老年痴呆症的先兆。痴呆比抑郁好不到哪里去。

也许是为了配合钟先生倡导的"大笑运动"，或者是为了给重庆人一起大笑提供一个理由，重庆市外经贸委主任王毅公开对媒体发布："重庆人均身高将来要提高到一米八、一米九，而且要量化考核这个数据。"真是"语不惊人死不休"。

重庆不寂寞。因为有重庆，中国不寂寞。

6

报载："气象台关于暴雨预报的准确率为 60%，强对流天气，即龙卷风、雷雨大风、冰雹、强降水等突发性天气的预报准确率仅为 30%~40%。"而这些天气又破坏性最大，老百姓最关注，预报不准，诟骂最多。因此气象员报错天气会很沮丧、郁闷，不少人都患有焦虑、抑郁、神经衰弱等职业病。

世人都想呼风唤雨,可知呼风唤雨的后果?

7

新疆建设兵团农一师塔里木河南岸农业连队的陆政海,听信了关于"世界末日"的预言,用全部积蓄造了"挪亚方舟"。大船总长 21.2 米,宽 15.5 米,高 5.6 米,排水量 140 吨。他说:"我怕 2012 年世界末日来临,洪水淹没我家。"

8

俄罗斯科学家预言 2029 年将出现生化人。曾三次获得美国总统奖、被称为当今世界上最聪明的两个人之一的发明家库兹韦尔,则预言 2047 年,生物人和机器人的合成人诞生,人可以免除对死亡的恐惧。据闻他已经开始严格控制体重,一定要活到那个"世界的拐点",获得永生。

9

一位白领剩女相信了英国约会网站 meeteez 公布的一项调查结果,女性若想找到真爱,"需要经过以下这么几关:她们平均要与22个男人接吻,经历过4次长久的恋爱以及5次分手,还要忍受6次糟糕的约会,6次一夜情,男友出轨4次,以及至少见过一位网友"。一位本来自尊自爱的姑娘,把这几关闯过来,自己觉得快成妓女了,却并未找到真爱。国情不同,完全照搬西方婚恋指南,容易误了终身。

10

一房地产商,开发一片别墅群发了大财,自称是充分利用了美国一项科研成果。"生活在纽约102层帝国大厦顶端的人,要比生活在楼底大街上的人每秒衰老速度快1.04亿分之一秒。"这是依照爱因斯坦相对论,借助超级精准时钟,发现所处位置越高,时间过得越快,生命衰老得也快。其实他发财的真正诀窍是来自斯坦福研究中心的调查报告:"一个人赚的钱,12.5%来自知识,87.5%来自人脉。"他没有广泛的乃至特殊的人脉,无法以自己合适的价格拿到那片别墅区的土地。

11

世界尽在网中,无论哪个地方的经验,能消化得好都可为我所用。一对男女同样借鉴英国社会调查中心的经验,就相处得很好,最终走进婚姻。"男人晚上6点耳根子最软,女人中午争执最凶。"女的有事找男的,总是选在傍晚去腻乎,而男的找女的总是躲开中午。

12

公安大学王大伟教授编的顺口溜被许多民警奉为金科玉律:"较为平安一二三,四月五月往上蹿。夏天多发强奸案,冬季侵财到峰巅。"简言之就是:热偷人,冷偷财。气温每升高2摄氏度,全国的强奸发案率就会上升1%,冬天则盗窃发案率上升。

13

现在是什么时代?人们张口就来:开放的时代、转型的时代、新时代、大时代……郭敬明的代表作叫《小时代》,陈明远的新著是《知识分子与人民币时代》。

"时代"是个大词,过去一般人写文章、讲话不敢轻易用这个词儿,如今却被挂在人们的嘴边,打开报纸每一版上都不知会有多少个时代:信息时代、媒体时代、商品时代、功利时代、闪婚时代、同居时代、后同居时代、软分居时代……

似乎谁都可以随意命名一个时代。时代被撕碎,一种现象就可以称为一个时代。

如果想准确地概括这个时代,我以为用"碎片时代"比较合适。不必引经据典从苏格拉底的《斐德若篇》谈起,也不用转出fragmentatian的原文,只要看看当下的社会已经碎片化,现代人的社会也已碎片化,多渠道的传媒碎片化,观点多样而复杂的受众碎片化,信息爆炸成碎片,人的心思不也是碎得难以整合吗?

时代碎了,却又尽在(互联)网中。世界正在一体化,碎而不散,肉烂在锅里。这才是当代现实的大奥妙。各路精英都是掌握了这个奥妙的人。

14

《新京报》载文,一位邱先生痴迷于著书立说,用卖房子的钱出了一本书,放到书店却没有人买。于是想出一个促销的高招,到北京王府井书店,给每本自己的著作里夹上一百元人民币,然后向媒体爆料,说在王府井书店买一本叫什么什么的书,发现里面夹着一张百元大钞,经察看所有这本书里都夹着钱……以期引起轰动,带动这本书的销售。

邱先生将"一本书主义""自费出书"推向了极致。只是忘了现在是娱乐时代,写作已经变成了"码字"。他绕的弯子太大了,为什么不学习娱乐明星花钱买粉丝的做法,举明星照片牌给 20

元,喊得嗓子嘶哑50元,感动得泪流满面100元,昏倒一次200元……他既然不怕赔钱,干脆"赔本赚吆喝",拿着大把的票子站在书店门口,谁买一本自己的书奖多少钱,多买多奖。不用自己向媒体爆料,媒体都会找上来。

15

社会开放以来,圣人的哪一句话被引用最多?"食色,性也。"连商家的广告带点"色"都容易成功。一个学广告的小伙子,为父亲一直不死不活的卖鸡摊档设计了一个广告牌:"穿戴整齐出场18元,脱光光23元!"据说从此财源广进。苏州闹市区观前街一湘菜馆的大幅横标是:"不要告诉别人,你的肚子是被我搞大的!"一电脑商店的大标语是:"现代人最重要的性器官是大脑。"

这一套并不是"中国特色",也不是现在才有的,西方似更胜一筹。数十年前美国前国务卿鲍威尔,做过床垫推销员,他设计了一个广告:"想和我睡吗?"使自己的床垫销售业绩大幅上扬。

英国《每日电讯报》载文称,经济越是不景气,带"色"的广告乃至色情的广告的点击率反而会猛增。在金融风暴造成的经济衰退期,美国"偷情公司"创办人兼行政总裁比德曼则扬言:"我们不只不怕经济衰退,我们简直是逆市兴旺!"而他的口号就是:"人生苦短,不如偷情。"

电视竟在黄金时段播放这种婚外情广告,"偷情公司"被许多人称作"毁家公司"。但,偷终究是偷,总体来说无法跟家的力量相比。一巨额贪官,曾拥有两位数的情妇,可以到处乱睡。被抓后在法庭做最后陈述时,突然冒出一句,很像是真心话:"一生只跟一个女人睡觉,是件很幸福的事情。"

16

我自忖在吃上不是很没出息,但就是做不到每顿饭只吃七分饱。总觉得不吃饱了不舒服,碰上可口的家乡饭,吃得略撑一点才会心满意足。若每天闲着半挂肠子,活那么久干什么!养生专家们还经常吓唬常吃饱的人,上了年纪吃得过饱很危险……于是我开始留心查找历史上有没有真正被撑死的人,他们吃了多少东西才会被撑死。

何来的《六位被撑死的名人》一文中说,《名利场》的作者萨克雷,晚饭吃了"两份牛排和五个热狗肠",第二天早上被发现死在家中。不知 19 世纪英国一份牛排是多少。按现在欧洲标准一份牛排不过 400 克左右,两份不到 2 斤,热狗肠才多大,5 个也没多少,怎么就能把人撑死? 武松、李逵们下馆子张口就是先切 10斤牛肉来! 酒和主食还不算。中国的英雄豪杰似乎有笑死的,没有撑死的。

瑞典国王阿道夫·弗雷德里克是美食家，"在一次宴会上他狂吃龙虾、鱼子酱、德式泡菜、鲱鱼和香槟，最后还没忘又饶上14份自己最爱的甜品"，最终做了饱死鬼。他吃得花样多，量也大，腥的、冷的、甜的、腻的，全是不好消化的，并且在肚子里相互打架。他不被撑出个好歹说不过去。

还有"欧洲历史上最伟大的军事天才"亚历山大大帝，也是个"宴会狂"，连续两天不睡觉不休息地胡吃海喝之后病倒，随后就带着他那一肚子好东西走了。被撑死的还有美国第十二任总统扎卡里·泰勒、利用围猎杀死哥哥而登上王位的英国国王亨利一世等。

如此看来普通人吃普通饭是不大会撑死的，不妨该吃就吃，该喝就喝。想吃而不敢吃，对身体未必有好处。不是还有一种养生专家说，"早晨要吃好，中午要吃饱"嘛。

17

毋庸讳言，骗子横行，谎言诈语无孔不入，已是社会顽疾。美国费城医学院法罗博士和他领导的小组，利用"机能磁共振成像技术"进行脑部扫描，可准确测出一个人是否在说谎。其研究报告称："说谎者脑部一共有七个区域在活动，而说真话的人则只有四个大脑区域在活动。从研究结果看，说谎似乎比说真话更耗费脑力。"

这就对了,现代人聪明过头,七窍玲珑,脑瓜有富裕,闲着也是闲着,不如经常说说瞎话,还可以锻炼脑子。同样还是美国名剧《千谎百计》中说:"普通人在谈话中平均每十分钟会撒谎三次。那么在一对夫妻的二十四小时生活中,他们又会向对方撒多少次谎呢?"

为什么现代人撒谎会习以为常?因为有童子功,撒谎也可以说是"从娃娃抓起"的。人的成长要接受四个方面的教育:家庭、老师、书籍、社会。而后者总是与前面的三个方面背道而驰,甚至家长的话跟老师的话也常对不上号,家长和老师说的有时也和书里讲的不一样。本来心里都是相互拧绑的,却又必须表面上顺溜到一起,靠什么?靠谎言。长大进入社会,更须融入社会规则,包括有些"潜规则",久而久之,自觉或不自觉地都成了说过谎的人,还有人成了个中高手。于是有人感叹,想找一个从来没有撒过谎的人,比寻找恐龙还难。

正因为此,"一句真话变得比整个世界的分量还重"。

——这话是诺贝尔奖获得者索尔仁尼琴说的。他还对苏联官场现状做过形象的描述:"我们知道他们在说谎,他们也知道自己是说谎,他们也知道我们知道他们在说谎,我们也知道他们知道我们知道他们说谎,但是他们依然在说谎。"

这种你知我知他人知的谎言,一般是指职业说谎者,算不得有多高明。成功的说谎者一般有两条经验：十句话里有九句是真话，最重要的那一句是假话就能让人相信；把每个谎话都看作性命攸关，说谎就不会内疚。

18

精英们都很会说话，技巧之一就是会"绕"。三绕两绕便把对方绕进去了，不是被绕明白了，就是被绕糊涂了。一女士向医生询问隆胸的效果，医生答有四种结果："一、大不一样；二、不大一样；三、一样不大；四、不一样大。"令人想起被问到敏感问题时便答之"不好说，说不好，不说好"的急智。

英国女人喜欢在帽子上争奇斗艳，看电影时也不摘下漂亮帽子，这就遮挡了他人的视线，纷纷向影院经理抗议。经理不仅没有明令进院必须脱帽，反而在银幕上打出一条告示："为了照顾那些年老体衰的女观众，在本影院不一定非摘掉帽子，她们可以戴着帽子看电影。"告示一出，电影院里再无女人戴帽子。

绕得好，"一句顶一万句"。绕不好，就把自己绕进去。一女孩子买了件时装，穿在身上向男朋友炫耀，男朋友心疼自己的钱包，又不敢说狠话撒气，也想绕一下："你穿得很危险，但长得很安全。"话刚落地脸上便挨了一巴掌，女朋友离他而去。工友们开始叫他"井哥"，他不解其意，逼问一小兄弟，才知"井"就是"横竖都

179

是二"。"二"就是傻。

为什么现在的人说话喜欢绕呢?"艺术源于生活",现实生活中弯弯绕的事太多了:警察抓人,要给警察送礼;警察孩子上学,警察要给教师送礼;教师找干部办事,要给干部送礼;干部家人生病,要给医生送礼;医生发生医患纠纷,要给警察送礼……如此这般绕来绕去,难免不会在某一天把各自都绕进去。

19

日本的佐藤富雄公布了一项研究成果:"人们都过着他们嘴上所说的人生,成天喊没钱的人,会真的跟钱无缘。老是抱怨太糟了、太气人了,运气也会显得特别坏……你的话一旦说出口,就会变成事实。这是由人的大脑与自律神经决定的,将你的想法传达全身,操控它们变成现实。"

——用中国话说这叫"金口玉言"。如果天天高喊"我发财了",就真的能成比尔·盖茨吗?

20

网络上做了一个有意思的测试:"花谁的钱不心疼?"最多的一个答案是花爷娘老子的钱不心疼,啃老族、贪官的二代、土豪的少爷等太多了。排在第二位的答案是"花情人的钱不心疼",比如深圳市沙井银行行长邓宝驹的"五奶"小青,800 天花了他 1840 万元,平均每天花钱 2.3 万,每个小时 1000 元。

——正确答案:"花老百姓的钱最不心疼。"

21

据传是郭德纲总结的:"广告节有了,吹牛节还没有;相声节有了,洋相节还没有;小品节有了,扯淡节还没有;打工节有了,讨薪节还没有。"——优秀的相声演员,有特殊的话语权。

22

瑞士阿尔比嫩村,目前人口还剩下不到 250 人,为防止村子变成"鬼村",开始重金吸引外乡人。村里给每位申请获准入住本村的成年人提供 2.5 万瑞士法郎安家费(约合人民币 18 万元),每对夫妻 5 万瑞士法郎,每个孩子 1 万瑞士法郎。——现代世界缺淡水、缺粮食、缺干净空气、缺真爱、缺和平……现在还缺人!当然是有用的人。一方面人口爆炸,一方面缺青壮年。

23

法国有一部骂人大全《你他妈》,其中有一句话是:"你他妈丑成这样,嘿,活脱脱一张毕加索的画!"毕加索画丑,毕加索卖丑。有人就说他是"天才画家,也是美术杀手,先把一切都敲得支离破碎,再错乱地重新组合,如人腿驴身、牛头马面,等等。然而,今天"他的作品估价升值到 50 亿法郎,几乎是一个王国的财富"。

——看来丑星、丑闻……凡是丑的都正当行。

24

西班牙一家乡村旅馆里,有一间房子的地板上无缘无故地出现了奇异斑点,渐渐构成了一张人脸,痛苦而哀怨。刮掉了还会浮现,换了新地板也赶不走那张让人难忘的脸。最后只得拆掉地板,向下深掘,才发现地下埋着一具骸骨。

——这与迷信无关,一定有某种现代科学还没有认识的物理因素在起作用,我们的现实生活里不是也有许多神秘现象是科学目前还解释不了的吗? 我为此请教过公安局的人,得到的答复是:人命关天的大案,基本都能侦破,有时在侦破过程中确实会碰到一些匪夷所思的提示和巧合。

25

现实世界是个复杂的矛盾体,处处都有针锋相对,读来饶有兴味,又感慨万端。拜金时代,哪里都有想发财想疯了的人,49 岁的西班牙女子杜兰,日前在公证处注册,将太阳登记为她的个人财产:"我的太阳"。今后所有使用太阳的人,都必须付费与她。

消息一公布,美国前副总统戈尔,立刻将杜兰告上法庭,要她为全球变暖负责,向全人类支付即便宰了她也计算不清的巨额赔偿金。

——目前这场诉讼还没有结果。

26

近年来,"低碳城市"这四个字,在中国远比全球变暖升温更快,许多地方以此自诩。而国家发改委能源研究所研究员姜克隽对媒体说:"我国并没有一个真正意义上的低碳城市。"

27

2011 年长江里漂浮无数死猪,成为轰动世界的新闻,报纸载一打油诗:"你住长江头,我住长江尾;你的下水道,我的自来水。"其附注说,"这是中国重要水源地长江当前的真实写照。作为一条黄金水道,长江正日渐失去'黄金水源'的资质,在过去30年间,长江水质恶化趋势非常明显。"

不久,湖南江豚保护协会向媒体公开呼吁:"洞庭湖江豚近年已濒临灭绝!"有官员也随即对媒体表态:"难道江豚比 GDP 还重要吗?"

江豚保护协会紧接着又发声:"十年后,纵使长江、洞庭湖里堆满黄金、堆满令人狂热的 GDP,也买不回这一物种了!"

——这让我想起另一则报道,一位定居武汉的美国老太太,经常在街头捡起被人们随手丢弃的垃圾,她说:"我捡的不只是路面上的垃圾,更是人心里的垃圾。"看来环境之所以被污染得这么严重,是心里有垃圾,甚或干脆就怀揣着一颗垃圾心的人太多了。

28

近年来人们格外热衷炒作人类怎样"长生不死",先是美国科学家兼预言家库兹韦尔,公开向世人宣告:2047年世界进入新的拐点,生物人和机器人结合的"新人类"诞生,人可以不死了。

前两天中国基因专家汪健,在中央电视台《开讲》节目中对着亿万观众说道:改变基因缺陷,让人类轻松健康地活到一百岁,就是这一两年的事。

然而,美国生物学教授皮安卡却著文公开唱反调:"要拯救地球,得消灭大部分人口,疾病就是一种最有效的手段。"

美国生物学家刘易斯·托马斯,被称作"现代死亡学"的奠基者,据他的统计,地球上每年有逾5000万的巨额死亡,可世界人口发展到今天还是有了70亿之众,倘若自有人类的那一天起就个个长生不死,今天还会有地球人类吗? 人类应该为有死这件事而庆幸,是死解放了生。

其实,中国的道家在2300多年以前便已洞悉了生与死的转换,如庄子的"鼓盆而歌"。生——死,死——生,不过是不断往复而已。人知道该死,才懂得该生。

29

美国轮胎企业高管莫里斯·泰勒,在报纸上著文公开批评法国工人工作懈怠:"那些法国工人拿着高工资,每天却只工作3个小时。他们各用1个小时吃早饭和午饭,闲谈3个小时,剩下的3

个小时工作。我当面向法国工会指出这一问题,得到的答复是,这是法国的风格!"

我也有同感,曾在纽卡斯尔大学校园里认真观察过英国的维修工人,其工作作风简直可以用"吊儿郎当"来形容,可他们的收入很高。西欧这些国家个个都很发达、富裕。中国人是举世公认勤劳辛苦的,为什么收入这么低、国家也不发达,上帝何以如此不公?

就这个问题我曾当面请教以"福利经济学"理论获得 1996 年诺贝尔经济学奖的剑桥大学默里斯教授,他是这样解释的:北欧以及西欧国家很早就建立了资本积累制度,数个世纪积累下来的资本,没有因战乱和自然灾害而遭受破坏。因此他们现在可以坐享丰富的资本积累所带来的资本红利。中国刚好相反,没有建立资本积累制度,频发的战乱和灾难,使本来就很稀少的资本不断地耗减……用中国话说就是"穷折腾,折腾穷",存不下"家底",国民有时还要"勒紧裤腰带"为国家做贡献。

30

美国微软公司的一项调查显示:"工作的时间越长,浪费的时间就越多。"美国的劳动者平均每周上班的时间为 45 小时,实际上其中至少有 16 个小时,"不具备生产性"。那就是抽烟、聊天、泡蘑菇了。更为离谱的是法国一名叫塞德里克的面包师,因"工作太努力"而被罚款2600欧元(约合人民币2万元)。原因是"他在2017年夏天,让他的面包店一周七天都在营业,他的这一行为违反了法国严格的劳动法"。

31

西方社会学家甚至还总结出国民睡眠时间长短与国家发达的关系:国家越发达,国民睡觉越多。法国人又排第一,人均每天花在睡觉上的时间是8.83小时;第二名是美国人,每天睡8.63小时……在发达国家中,日、韩两国人的睡眠时间最短,日本人平均每天睡7.83小时;韩国人则为7.81小时。

那么中国的企业呢? 也正在想方设法让员工打起精神,防止懈怠。媒体报道:"国内有工厂引进员工脑电波扫描系统,能获悉工人的烦躁、抑郁和消极心态,如发现问题把工人送去休息。"(这种关心会不会让工人感到难堪?)据说"这有利于生产效率和企业的人文建设。国内某电力公司从2014年起对员工使用情绪监控技术,此后盈利增长了约20亿人民币"。

——从工人的每一个动作到内心的细微活动,每时每刻无不在监控之下,人自然就会变得有机器一样的高效率。

32

浙江一家企业甚至认为员工都剃光头,会显得很有精神,更能"体现公司创新团结"。因此出台一项规定:"剃光头奖1万元,不剃罚1万元。"有6名不剃也不认罚的女员工被辞退,她们不服,投诉到当地人社局劳动监察办公室,目前尚无下文。

可见,批评中国管理水平差并不确切,事实是许多人从头到脚、从里到外,都被管了起来。

33

四川新闻网报道:达州80后装修工小杜,最大的梦想是成为叱咤歌坛的明星,并为之奋斗不止,义无反顾。搞得丢了爱情,穷困潦倒,自然更得不到家人的支持。近日他又在街头练唱时,被他做苦力的母亲看到,将他一顿暴打,母亲边打边飙泪:"你个不务正业的败家子,成天出来丢人现眼,打死你算了……"

——这已经不是第一次了。这位勤苦的母亲,当街暴打有梦想的儿子自然有她值得同情的理由。但,现在流行做梦,沉迷于梦的人是骂不醒打不醒的,或者等他的梦破灭,自然会醒来;或者他的美梦变噩梦,被惊出一身冷汗;或者长梦不醒变梦游,撞南墙而头破血流……

34

社会时尚就是以貌取人,哪里招人都喜欢年轻漂亮的。然而,"中国首席反劫持谈判专家总教头"高锋教授,公布的选择反劫持谈判专家的标准却是:"要丑的不要帅的,要老的不要少的,要胖的不要瘦的,要矮的不要高的,帅哥美女绝对不行。"

——民谚说:好看的皮囊千篇一律,有趣的灵魂万里挑一。"面子"重要,"里子"更重要。

35

反劫持谈判是需要大智大勇的,还要考虑到相貌给对方的影响。在心理学上似乎有一条不成文的定律:相貌丑陋又有大才的人,在精神上战胜对方往往有惊人的效果。春秋丑女钟离无艳,40 岁还嫁不出去,身在闺中却洞悉齐国危机,出奇谋安定了齐国,被聘为皇后。庞统因貌丑,孙权嫌弃,投靠刘备也只让他做个县令,只有孔明知其才,遂献连环计大破曹兵……古云:"奇貌有奇才。"信然。

36

一智者言:"一款轿车,70%的速度是多余的;一幢房子,70%的空间是闲置的;一笔巨款,70%是趴在银行账面上的;一对夫妻,再恩爱也有70%的时间是不能亲热的……生活,贵在用好30%。"

——30%出了问题怎么办?是分母决定分子的价值。

37

既然世间"无奇不有",有个"笨贼排行榜"就不足怪。去年上榜的有个中国吉林十九岁的男子,他苦读一本流行书——《坏蛋是怎样练成的》,然后模仿书中的情节抢劫一女子,得了二十元后被抓,坦白倒也痛快:"抢老年人我不忍心,抢男的我怕不成功,所以决定抢一个单身女子……"不料那女子用他的"教科书"上没有讲过的方式即时报警,让他瞬间落网。

同榜的还有一日本贼,入室抢劫,先将女主人绑起来,随后拿到了钱和银行卡,却没有一走了之,而是给女主人做肩部按摩,帮她"放松",还许愿说取款后一定把银行卡寄还给她。这个贼既贪财,又怜香惜玉,还要表现得温情脉脉,竟忘了时间,为女主人按摩了几个小时,想不被抓都不可能了。

一美国偷车贼,得手后逃跑竟连续撞车,最后把自己撞得迷了路,不得不打电话自首,求警察把自己抓走……

——真是谢天谢地,贼也有笨的,世事不公大道公。以笨登榜也算出名,唯愿天下偷儿们都能荣登世界"笨贼榜"。

38

美国研究人员的实验发现,如果你一上班就在一个浑蛋上司手下工作,一段时间后你可能也会变成一个浑蛋。一个原本善良的正常人,在浑蛋老板的影响下,可能会不自觉地传染上粗暴、不讲理、恶毒、势利等恶习,并如病毒般逐级传染……所以,单位责任人,要时刻注意清理这些浑蛋。于是,刚参加工作的人首先要学会的是怎样对付上司,有各种版本的"办公室秘籍"在流传……

"上司说对你很放心,事实可能正相反。"

"你觉得自己是上司的人,上司却绝不会是你的人,这层意思一定要明白。"

"高你半级的人,往往是最危险的,同级的是天然的敌人。"

"你说的每句话,老板都会知道。所以要好好想想该说什么,不该说什么。"

"上司突然垮台,不要惊慌,独自完成任务,然后借此再找到新的靠山。"……

——这是正常的工作,还是在搞特工?工作环境若如此险恶,还想有好的效率、大的作为吗?

39

《参考消息》曾配发照片报道:在每年都能引起世界关注的美国《时代》周刊年度人物评选中,2009 年最引人瞩目的是名列第二的中国工人群体,照片上是四位中国女工。她们获奖的理由是:"正是千千万万中国工人的辛苦劳动,才让世界经济渡过难关。在 2008 年世界性金融危机中,中国是世界上增长最快的主要经济体——也刺激了其他国家的经济。"

——世界首富之国,竟然把走出经济危机的功劳归于工人群体,彻底否定了"70%没有用"的理论。

40

据香港《南华早报》载,2018 年 3 月 5 日,美国劳工部发表声明,帮助在其海外领地北马亚纳群岛塞班岛上的 2400 名中国工人,向四家中国承包公司讨回 1400 万美元的欠薪,每个中国工人平均可拿回 5800 美元。声言这四家公司"若不遵守美国劳工法,美国政府将吊销他们的工程承包合约,并以违法罪名严惩"。

——或许他们还以为像在国内一样,欠薪像闹着玩似的。

41

《羊城晚报》载:广州市人大代表视察公安局迎亚运安保工作时,人大代表、广州市总工会副主席刘小钢对市公安局副局长祁晓林说:"广州的反恐演习怎么总是假设'工人讨欠薪引发群体性事件'? 我们看了有点不舒服。"

——公安局为什么不把用于防备"群体性事件"的精力,去追究那些欠薪者的责任? 这样岂不是从根本上解决了问题?

碎片

1

青岛刘秀亭,是位老邮递员,七十六岁退休后还每天骑着自行车到大街上转,不骑车不舒服。他骑车八十多年,到九十四岁才不骑车了。

——骑车老得慢,不信试试看。

2

有一句话现代人常挂在嘴边:时代变了。怎么个变法? 考量的标准是什么? 一千年前的欧阳修制定了一个标准:"书有未曾经我读,事无不可对人言。"

现在的人还做得到吗？不管是文字垃圾也好，真有价值也好，书真的如汪洋大海，光是中国的长篇小说，一年就出版七八千部，谁一天能读完二三十部？别说一目十行，一目千行也读不过来。

第二条就更难了，戴维·史密斯在《我们为什么说谎》一书中披露："人类的心智和身体里，都隐藏着欺骗，每个人都经常说谎，平均10分钟就说3个谎言。"而嘴上的谎言与其他类型的欺骗是"1：22894，比如假发、假胸、装病、假高潮、皮笑肉不笑，以及赛场上的假动作、学术造假、商业欺诈……"

——现代人不仅骗别人，有时连自己都糊弄，却也不必大惊小怪，这是人类进化的结果。史密斯的书中引用进化心理学的观点："说谎并非特殊情况，而是正常行为，在不知不觉中自然流露的谎言，比处心积虑的狡猾设计还更常见。"如此看来，现代人只能在谎言和欺骗中生活了，不是活得也不错嘛。

当然，这种"不错"，谁知是真是假？

3

文学圈外的朋友乍一见面最常问的一句话是："还写吗？"我的回答自然是："还写呀，为什么不写了呢？"接下来他会充满同情也不无好奇地感叹："哎呀这么大岁数了还写，真不容易！敢情干你们这一行也上瘾？"

我咂摸这个"瘾"字："好像没有烟瘾、酒瘾那么轻松美妙。"

朋友故作变颜变色："像毒瘾、官瘾？那可是世上最可怕的瘾啊！"

我佩服他的想象力，解释说："没有那么可怕，毒瘾、官瘾没有外力戒不掉，我们这一行到老了写不动了，或脑子没感觉了，自然就戒掉了。准确地说是职业病。"

"任何瘾都是病，不过你们这是好病，就像牛黄、狗宝，是牛和狗的病，却是人间宝贝。"

道理不错，听着别扭："借你吉言，希望到老了能写出牛黄、狗宝。"

4

去年入冬后电视新闻报道，天津市举行对流浪乞讨人员的救助活动。多好的事，我由衷地为居住在这样的城市感到温暖。可没想到，大部分流浪乞讨人员明确拒绝救助，理由是"影响他们的收入"。

记者仔细询问，他们说，不算意外之财或碰上善人，平平常常每天讨得百十来元没问题，一个月就是三千元。一个大学生运气好的话能找到工作，还不就是挣这个数。一年手拿把攥的存下两万元寄回家,别看叫流浪,端的可是铁饭碗,咱不想给政府添麻烦。有些当时接受了救助,回到家乡打个晃就又回到天津重操旧业。

——没想到啊,从这些流浪乞讨人员身上倒体现出一种正能量,能养活这么多膀不动身不摇的伸手派,说明天津人收入不低,心眼也不错。

5

近几年出家人出书的很多,大多是诲人劝世,遍洒鸡汤。唯诗人向未,虽身为一座寺庙的住持,他的诗却不是出世,而是入世,不是看破红尘,而是深切地体味红尘。

"妈妈,你在我未成年的时候走了,未成年的时候是温暖的。"

"处处他乡处处异乡,从此我一个人背着故乡,走啊走啊看不到前面的路;蓦然回首也找不到来时的方向。"

八十多年前,才华绝伦的李叔同,突然变成绝世脱俗的弘一法师。今天,身披袈裟、诵经念佛的向延兵法师,为什么不可以有一颗诗人的灵魂?

6

美国著名影星玛丽莲·梦露,也是位有大故事的女人,1962年6月1日,为庆祝自己三十六岁生日,邀请摄影师菲利普·哈尔斯曼为她拍摄了"生平最后一组极富魅力的照片",其中有一张是装扮成毛泽东——乍一看还真的很有几分像。

谁能猜得出,当时梦露是怎么想的,即便是灵机一动,怎么会"动"到毛泽东的头上?

几十年后,美国拳王泰森的左臂上文了毛泽东的头像,他直言不讳地宣称:"崇拜毛泽东。"

一直没有见到中国媒体对这两件事的态度,是高兴、骄傲,还是觉得有点尴尬、不伦不类? 2018 年,中国一位雕塑家赠送给马克思的故乡——德国古城特里尔一尊高大的马克思塑像,却在当地引起了"炸锅"般的争议,小城的市民认为这个塑像"太大,太社会主义",市长接受这个礼物是"不民主"……

7

当今中国最功德无量的作家是屈原、陶渊明、苏东坡,每年初夏都要大热一回,成全了无数的高考学生。他们已经成为历届高考作文的万应灵药,无论高考的作文题是爱国主义还是环境保护,是关怀底层大众还是精神文明建设,都可以拿这三个人的生平及作品说事。

——于是,这老三位被中学的老师尊为"高考万金油""套话三巨头"。

8

我刚从报纸上得知,国际上还有一个"达尔文进化奖",实际是表彰在人类进化中走得最慢的人,说白了就是笨得出奇或倒霉透顶的人。西方人优雅,或做优雅状,从他们嘴里不能说出"大笨蛋"或"倒霉蛋"之类的话。

新春伊始,隆重颁发了新一届"达尔文进化奖"。特等奖得主J——美国加利福尼亚长滩市人,获奖理由:他想抢劫,把点38左轮对准受害人开枪时,枪卡壳了。这时他做了个非常有建设性的举动,把眼睛对准枪口仔细瞄了一下,同时扣动了扳机——这次枪没有卡壳。

特别大奖得主是一个偷油者,获奖理由:警察在美国西雅图街道上发现一个严重不适的人,蜷缩在一辆房车旁,他承认想用吸管偷汽油,却把吸管的另一头插进了房车的粪便桶里,猛吸一口……

这次颁奖会的最大看点是发错了一个奖，造成特大新闻，轰动世界。原定的二等奖得主是津巴布韦的一个司机，获奖理由是，在一个非法酒吧喝酒，喝完酒发现自己巴士上的二十名精神病人全部逃跑了，他本应该要把他们送到精神病院的。他怕受到惩罚，把车开到附近一个公共汽车站，向等汽车的人允诺可免费搭乘他的车。等人凑够数了他把这些人直接拉到了精神病院，并对病院工作人员说，这些病人非常容易激动，而且胡言乱语充满幻觉——这个"调包计"直到三天后才被识破。

这个评奖结果一公布，世界哗然，引起巨大的争议，那个津巴布韦的司机怎么能算进化慢，他是进化得太快了！这个奖应该发给那些坐他车的人或精神病院的工作人员。

我看完了新闻忽然觉得这个奖并不是恶作剧，有意思也有意义。遗憾的是他们不敢接纳中国人参加评选，或许是评委会害怕到时候不得不把特等奖颁给自己。

9

"中国有句俗话：'文章是自己的好，老婆是别人的好。'可是对我来说，老婆是自己的好，文章是老婆的好！"

——敢这样公开夸老婆的，不会是一般的好丈夫；经得起丈夫这样夸的，定是世上少有的奇女子。他们是梁思成和林徽因。

10

报纸上公布了中国十个娶老婆成本最高的城市排名（以人民币计算）："深圳（208万）、北京（202万）、上海（200万）、杭州（178万）、广州（128万）、天津（108万）、南京（102万）、苏州（94万）、武汉（65万）、成都（55万）。"

——这实际上是十大城市的老婆报价，给人以"穿越"之感，恍若又回到买卖婚姻的年代。

11

一位高人告诉我修炼的步骤："黑暗时光——物质时光——灵性时光——冥想时光——超然时光——喜悦海洋。"

我自忖可能还处在第二个阶段，正憧憬着向第三个阶段过渡。不免自悲，年逾古稀，刚读到二年级，什么时候才能进入"喜悦海洋"？

12

索菲亚·罗兰丢失了一个大钻戒，心疼得竟哭了起来。她的丈夫卡洛·庞蒂开导她说:"索菲,不要为不会为你掉眼泪的东西流眼泪。"

——就凭这句话所体现出来的智慧,就可以知道为什么他能成为这位国际巨星的丈夫。

13

《东方今报》报道:河南内乡县县长全新明,策划了一个"寻亲活动",自元、明、清至民国时期,共有 232 人在河南内乡县任知县,全县长要找到这些人的后裔,并希望与这些"前任"的后人面对面地交流,同时还要举办"内乡县衙知县后裔祭祖""内乡县衙知县后裔专题展览",以及"专题文艺晚会"等活动。这必将引起媒介关注,大大提高内乡县的知名度。

社会盛刮复古风,全县长想跟封建社会的知县攀亲、续谱,有何不可?或许他内心深处还觉得封建专制时期的知县当得更体面、更惬意,那时的知县是全县百姓的"父母官",又称"县太爷",有自己的县衙。而现在的县长名义上还只是"公仆",如果能跟内乡县历任的知县联系在一起,并就此载入史册,岂不快哉!

14

现代年轻人的聪明机智用来抬杠,也很有味道:

有的家长看到孩子文身发脾气,孩子一句话就没脾气了:"有文身的不一定是流氓,他可能是岳飞。"

奶奶喊孙子起床,说"早起的鸟儿有虫吃",孙子接口说:"早起虫子被鸟吃。"

父亲给儿子讲一根筷子很容易掰断,而一把筷子就掰不断的故事,儿子反问:"全世界的鸡蛋联合起来,就能打破石头吗?"

老师喊醒在课堂上睡觉的学生:"你到这儿来不是睡觉的!"学生反唇相讥:"你到这儿来也不是催眠的。"

…………

15

俄罗斯几位科学家最近联名发布:男人之所以成为男人的 Y 染色体,在持续不断地失去基因,数百万年前 Y 基因有 1500 个,现在只剩下 40 个。原因是免疫力不断低下、气候变化和微生物突变等等,如果这个过程不停止,男人作为一种物种就有灭绝的可能。

取而代之的将是另外一种"第三性人",这种人不排除既有男性性器官,又有女性性器官。"实际上这样的人,今天已是越来越多,比如欧洲每5000名新生儿中就有一个。"

——也许等不到男人从地球上消失,生物人与机器人合成的"新人类"就诞生了。

16

"旧人类"在被淘汰之前,还是要抱怨的。有一项社会调查显示:"中国有六成职场上的人每天都在抱怨,平均一天抱怨5次。"对比英国的调查,"他们每个人平均一天要花14.5分钟抱怨,相当于一生中要花106天的时间抱怨"。

发达的现代医学对这种现象的解释是:偶尔抱怨可释放情绪和精神压力,对人有好处。抱怨如果成了生活常态,也算是一种慢性病,对身心的损伤不亚于糖尿病与高血压。

17

在一个电视相亲节目中,北京一位女硕士的征婚条件中有一项:男方必须父母双亡,并公然宣称,"全世界那么多男人,我就不信没有成年后死了爹妈的"。

——这么狠,看来"新人类"已经诞生了。此女嫁给孙悟空最合适,料孙大圣也能管得住她。

18

年终总结时,政府领导号召下面的人提意见,意见最多的是要求领导按时休假。领导们都以为群众关心他们的身体健康,有个对当下的干群关系颇有点自知之明的头头深入一了解,才知道这条意见背后的真实想法是:

"领导太多,表面上一年到头挺忙乎,实际工作状态跟休假差不多,一到周末或节假日就没事找事,显得多么辛苦。如果领导能轮流休假,最好是休长假,对工作、对本人、对下属都有好处。"

19

我看电视有个坏毛病,喜欢不停地切换频道,有时碰上明星接受采访会多停留一会儿,他们都是人尖儿,有时会冒出一两句惊人之语,甚至会听到个有趣的小故事。有一次听歌星韩红接受采访,她去一个收费厕所,被看厕所的大妈拦住,她略带不屑地问:"你不认识我?"

大妈连头都不抬:"不认识。"

"我是韩红。"

大妈仍然不抬头:"那又怎样? 不管你是谁,也不会用第三种姿势上厕所,交钱吧。"

这个大妈真厉害,"第三种姿势"是什么姿势? 韩红深受教育,如厕出来后向大妈深鞠一躬,知道自己无论到哪里都只是一个普通女人。

20

王女士一退休就迷上了广场舞,天天不着家,还隔三岔五地跟着舞伴外出旅游。有人问:"经常把老伴一个人丢在家里合适吗?"

她说:"守着他更烦,活到这把年纪还不如一件毛衣会放电。"

——"夫妻本是同林鸟,退休以后各自飞。"但,经常带电作业,小心中雷。

21

钱锺书说:"所谓研讨会,其实就是,请一些不三不四的人,吃一些不干不净的饭,花一些不明不白的钱,说一些不痛不痒的话,开一个不伦不类的会。"

——研讨会,假装在研讨;近几年各地纷纷举办"读书节",也是假装在读书。

22

常德是个很有意思的城市,正处在中国南北的结合点上。北方人到常德,能听懂70%~80%的当地话;南方人来常德,也听得懂70%~80%的话。

——所以,常德人被称作"湖南的犹太人"。

23

近几年几乎没有从当下的小说中读到过质朴感人的爱情故事,不是以自杀、疯狂表达深刻,就是纵情滥性、嗲声贱气以为现实。于是重读十几年前的侯德云的精短篇《1960年的甜言蜜语》,仍觉卓然入妙,逸韵温婉……

我老叔在山脚下无意中发现了一个田鼠洞,用铁锹刨开,挖出了不少黄豆。他从山坡上捡了些柴火,点了一把火,在铁锹上把黄豆炒熟,装了满满两口袋。

当天晚上,老叔把老婶约到月光下面,他们谁也不说话,闷闷地坐在草地上,一粒接一粒,吃炒黄豆。在此之前,老叔连一粒黄豆也没舍得吃。

老叔和老婶的初恋就这样开始了。

吃完了炒黄豆,老叔和老婶都有了力气,他们开始说话了。

老叔说:"村里有很多人快饿死了,他们的腿都浮肿了,一摁一个坑,一摁一个坑。我的腿还没有浮肿,不信你摁摁。"

老婶说:"我的腿也没有浮肿,不信你摁摁。"

那天晚上我老叔很幸福地摁了摁老婶的腿,我老婶也很幸福地摁了摁老叔的腿。摁完了腿,他们继续坐在那里说话。

老叔说:"你告诉我,你最爱吃的东西是啥?"

老婶说:"我最爱吃鸡蛋,煮鸡蛋、炒鸡蛋都爱吃,但更爱炮砂鸡蛋。"

老叔想了一会儿说:"我是一只鸡就好了,现在就蹲在这儿下几个蛋给你吃……"

老婶哭了。软绵绵地躺在老叔怀里,流了很多眼泪。

24

戊戌年冬月,成都华希昆虫博物馆收到吉尼斯世界纪录的官方认证书,该馆此前在青城山发现的一只巨大的蚊子,被确认为世界上最大的蚊子。这只蚊子的腿伸直达到25.8厘米。

——正常成年男人的拳头是10厘米宽,两个半拳头,跟鸽子差不多长,被这样的蚊子叮上,岂不是跟遭遇吸血鬼一样可怕?消息一发布,人们的议论也跟上来了:这只蚊子是哪儿来的? 是智能蚊? 是从外星球来的? 还是从日本福岛或俄罗斯切尔诺贝利飞过来的?

如果是吉祥之物,越大越好。偏偏是吸人血的东西,不能不让人多想……

25

相声大家马三立,上个世纪80年代初在天津文代会上,就当时争论得最热闹的"艺术和技术"的区别做了大会发言。他先点了一个唱京韵大鼓的年轻演员的名字,那人举手高声答应。马三立接着说:"你唱《剑阁闻铃》,骆玉笙也唱《剑阁闻铃》,你卖四毛钱,她卖七毛,这就是艺术。从西北角坐电车到劝业场,谁开电车都是五分钱一张票,这是技术。"

梁木祥,人称"阉鸡木"。身怀祖传的三样绝技:阉鸡、阉猪、补锅。养鸡、养猪的专业户越来越多,有的鸡场几万只鸡,他一干就是半年,最多每天可阉鸡三百只,每只"阉费"一元。他就是靠这三门手艺,家里盖起了新楼。

他大概不会被称为"大国工匠",但他是目前中国最稀缺的工匠。有他挑着担子走乡串户,农村就有活气、有生机,鸡和猪被阉时的鸡飞猪叫,是田园交响中不可或缺的高音。

26

己亥年春节前后,三个贼代表了东北、华中、华南三种不同的偷盗与抢劫风格。

沈阳的张某,一夜之间在两个相邻的小区砸坏了 37 辆汽车,总共只盗得现金 500 元,30 个小时后被抓。——砸这么多车,真要费点大力气,平均每辆车里只有十几元钱。现代人如惊弓之鸟,谁还把大钱放在车里?

武汉徐先生和姐姐路遇劫匪,劫匪从两人身上只搜出 160 元现金,然后掏出手机,让他"用微信扫码支付"!

徐先生问:"扫多少?"

劫匪答:"微信里有多少?"——抢劫进入智能时代,不要以为不多带现金就能减少损失。

广州一对新婚夫妇,收到一个迟到的红包,里面有两张刚上映的电影票和一张纸条:"猜猜我是谁?"两人百思不得其解,为不辜负朋友好意还是去看电影了。等散场回到家,发现贵重值钱的东西被洗劫一空,桌上又留了个纸条:"猜到我是谁了吧?"

——这个小偷还可以去当导演,编电视剧。

27

普通人"读脸",运动员"读尿"。所以运动员必须到指定的餐厅吃饭,否则不知哪一口吃错了,尿检不合格,成绩无效,甚至连参加比赛的资格都没有。

28

当下铺天盖地的养生热,其实都是养身不养心。养生是身心修养,心坏了怎么养都没有用。

一切法皆由心生,心净则身净。古人讲,养生的最高境界是养心,"上士养心"。

29

《王者的智慧》一书中,讲述了一个令人惊异的实验:

在联邦德国举办的一次国际心理学会议上,突然从门外冲进来两个人,后面一人手里拿着枪,拼命追杀前面的人,"啪"的一声枪响后,两个人都在会场上消失了。这桩突如其来的事件,前后仅有 20 秒钟,会议主席立即请全体与会者写出刚才看到的实际情况。

在随后交上来的 40 篇目击记录中,只有一篇在主要事实上的错误少于 20%;有 14 篇存在 20%～40% 的错误;有 25 篇出现的错误超过 40%。更为严重的是,其中有不少细节纯属个人的臆造。

目击者都是善于观察的科学家,并且都与这桩事件没有个人牵连,敏锐的观察加上没有偏见,竟然还出现了这么大的回忆差错!动物病理学家贝费里奇,道出了其中的奥秘:"观察不仅经常错过似乎是显而易见的事,而且常常主观臆造出虚假的现象,虚假观察就可能由人们的错觉造成。"

——读了这个故事,不能不怀疑所谓"报告文学""纪实文学"之类的文体。作家笔下的所有文字都是小说,而所有的小说中又都有作者自传的成分。

30

2014 年 5 月 30 日,台湾地区领导人马英九,到屏东县一个村庄探视一百一十二岁的鲁凯族人瑞彭玉梅,老人送给马英九一条亲手织的背带,并把马英九当儿子一样看待。马英九非常感动,想亲吻老人,却被婉拒,老人面露羞怯地说:"我的身体除了丈夫外,没有被其他男人碰过。"

——在不知羞怯为何物的现代开放社会,这位一百一十二岁的女士的羞怯,是何等的可爱和珍贵。应该载入吉尼斯纪录。

31

如今,一个人发表了几篇作品,或成为某个作家协会的会员,就自诩为或被认为已经进了文学的大门。文学到底有没有门?这个门是大是小?怎样才算入门了?

法国批评家埃斯卡皮为文学之门制定了一个尺寸:"作家死后十年、二十年或三十年,总要到'忘却'那里去报到。如果某个作家跨越了这条可怕的门槛,他就踏进了文学入口的圈子,同时几乎可能流芳百世……"

看了这个标准再环视当下文坛,可能就不是万头攒动,而是门庭冷落了。

32

中国有各种数不清的评比,关于城市间的就有"十大文明城市""宜居城市""卫生城市"……的评选。有人在报纸上建言,所有这些评选都应该加上一条："看一座城市的文明程度以及是否宜居，一定要看看这座城市规范养狗所能达到的水准。"

评选什么"五好家庭""和谐家庭"……也要加上一条，"看看他家养的狗，如果这家养狗的话"。

——社会上的麻烦已经够多了，如今狗又添乱。狗祸越来越多，实际是人祸。人口那么多，人连自己的心都没有养好，又养了几亿只"狗东西"，不乱才怪。

33

女儿突然亡故，老太太交费保留了女儿的录音电话，每天照旧给女儿打电话，也依然能听到女儿的声音："对不起，我现在很忙，有事请留言。"

老人也总是对着电话说："好，你先忙，妈妈明天再打给你。"

——这样能缓解老人的疼痛，还是加剧？世上有一种痛苦是无法排解的，有一种途径就是把短痛变长痛，让疼痛达到极致，一点点仔细品尝，或许能让创痛慢慢结疤。

34

北京一位厅级干部，只身调到天津当文化局长，常常睡到半夜惊醒,迷迷瞪瞪不知身在何处。渐渐养成一个习惯,睡梦中会突然伸手往旁边摸一下,摸到人就是在家,摸空了就是在天津。

几个月后回家探亲,一晚上把老婆打醒好几次……

35

广州市计生局副局长段建华曾通过媒体公开向家长建言,在孩子书包中放安全套。许多家长就是这么做的,放了套还得告诉孩子怎么使用……

为此,广东省高校心理咨询专业委员会主任邱鸿中说:"人们把性教育等同于性交教育,这种认识未免太狭隘了。"

36

印度人力资源开发部规定,一二年级学生的书包重量不得超过 1.5 公斤,三至五年级应在 2~3 公斤之间……小孙子正上二年级,我一称他的书包 7.8 公斤,这也超标太多了,于是向他的母亲建议,给孩子减负。

他的母亲不以为然:印度的规定算什么标准? 你孙子书包里的每一样东西都是当天用得着的,少带一样,就会挨老师批评。

37

在一本不起眼的书里，竟有如此决绝的论断："在毛泽东时代，没有落井下石的只有两女两男：两女是何香凝、宋庆龄，两男是万毅、钟伟光——彭德怀的老部下。"

——"只有这两女两男"，是大悲哀；还有这"两女两男"，是大光明。

38

经济学家凯恩斯有一次问莉迪娅："亲爱的，你在想什么呢?"他妻子回答说什么也没想。凯恩斯大笑："我若是也能这样就好了!"

——凯恩斯的大笑，其实是苦笑。想得越多、越深，就越苦；想得越明白，越是从中拔不出来。恨不得自己也有"什么都不想"的时候。

39

重庆 126 路公交车女驾驶员熊跃林，已经四十一岁了，她自二十三岁起就起早贪黑地驾驶大公交车,已经有十八个年头了。其实,用当下流行的说法,她是个"富婆",丈夫在建筑行业做得很成功,她的家里有别墅、跑车……

熊跃林却说:"自己吃苦长大,这份工作带来的乐趣,别墅、跑车无法代替。"

——她的"另一半"也找得好,懂她、欣赏她,遂成佳偶。

40

北京人牛,"上班像取经"。一份报告显示:"北京上班族平均通勤 13.2 公里,耗时 56 分钟。"有的一个人在北京上班,全家在为他服务。

——河北燕郊就住着不少北京上班族,有年迈的父母为给孩子占一个有利的上车位置,天天摸黑在公交站排队,就为了让儿女多睡一会儿,上车好有个座,还可以继续迷瞪。有些老人已经这样排了四年的队。似乎不能再用"可怜"来形容这样的父母心,是可感可佩、可歌可泣。

41

丹麦首都哥本哈根动物园,在灵长类动物区建造了一座玻璃屋,屋内陈设一如当地日常人家摆设,一名女记者和她的朋友自愿进入玻璃屋展出,供游人参观。

玻璃屋外面挂的牌子上写着:"最危险的动物——人类。"

西哲如詹姆斯(《回想和研究》)、加尔洵(《信号》)确有"人是最可怕的猛兽""在这个世界上没有比人更凶恶的动物"等论述,但把两个人关在玻璃屋内过日子,显然无法展览她们的"凶猛"。动物园对此举的解释是:"供那些疏于自省的人了解自己的生活习惯。"

动物园里展览活人,是让人类照镜子,这比哈哈镜更具警示意味。人类最不了解的是人类自己,"尤其是女人,她们是完全难以理解的动物"。——这是霍金在接受英国《每日邮报》采访时讲的话,他还表示"清醒的时候思考得最多的还是女人"。

42

我读到一个细节,一下子明白钟繇为什么能成为一派书法宗师:他向韦诞借蔡邕著的堪称书法经典的《笔势》一书,韦诞不借,钟繇竟气得"顿足捶胸,捶到吐血"。曹操用灵丹才把他救过来。

——爱一本书爱到不要命,想不成功也不行。

43

《故事照亮未来》一书中,披露了一段惊人的史实:哥伦布发现新大陆,是因为他的地理计算能力太差,从加纳利到日本最东缘,实际是 13000 英里,他却认为只需航行 2700 英里就够了,而且混淆了公里和海里的长度,凭着错误的计算,抱着错误的信心,懵懵懂懂地误打误撞地"撞出了历史的新一页"。

由于他成功了,后人在写他的时候把他改写成一个聪明、勇敢、冷静、执着的人。

——其实这并不鲜见,历史上许多先知、英雄,都是后人写出来的。

44

以东方人的感觉,美国前总统特朗普似乎很有性格,且不论他的人品和政绩。那么,以前的哪一位美国总统没有显著的性格呢?

于是得克萨斯的史蒂夫·鲁本泽博士,向美国心理协会提供了一份报告,报告研究了美国历史上 41 位总统的性格特征,并雇请 100 名传记作者和历史学家,与 592 种普通人的性格特性进行比较,得出的结论是:"一个人的性格类型,显然决定了他是否能够获得成功。事实上做一个好人,不会让他入主白宫。研究人员发现,这些总统在正直坦率、性格脆弱和整洁有条理方面有所不足。作为配偶或邻居,这些人的性格特点会使他们不受别人欢迎,但正是这些特点使他们脱颖而出,成为成功的领导人。"

这有点让普通人难以理解。报告还说:"性格坚强,喜欢阿谀奉承和控制别人,自负自大和独断专行,似乎有助于使总统成为'伟大'的人物。"

——这不是总统们的悲哀,是老百姓的悲哀。

45

任何一个人群里面,擅长讲段子的人一般人缘好,总是被包围着、簇拥着。研究显示:"爱八卦能使人显得更真实、更容易交往。"陌生人通过聊八卦能建立起某种联系,共同的厌恶,能更快地使陌生人成为朋友。

——所谓"碎片化时代",就是段子时代,"把日子过成段子","把历史写成段子",用讲段子的嬉皮态度对待生活,用八卦戏谑一切。

46

许多年来,北方干旱少雨,极少见到痛痛快快的滂沱大雨。大多是天阴得乌乌突突,雨下得黏黏糊糊,没有过去夏天常见的乌云压顶、电闪雷鸣……现在这种黏黏糊糊的雨,几乎都是用炮打下来的。这样的人工降雨、人工增雨,是有成本的,便宜的一炮二十多万元,贵的一炮要四五十万。

近读军阀传记,发现奉系军阀张宗昌或许是近代第一个向天开炮求雨的。他督鲁数年,政声不佳,唯有一年干旱求雨留下故事。张宗昌粗鄙无文,却好写诗,在一首《求雨》诗中写道:"玉皇爷爷也姓张,为啥为难俺张宗昌?三天之内不下雨,先扒龙王庙,再用大炮轰你娘。"到第三天仍无雨,张宗昌大怒,命令炮团实弹射天。不想炮轰过后,竟然天降甘霖。

——是瞎猫碰上了死耗子,还是真的"神鬼怕恶"?

47

四川军阀刘文辉经营雅康时曾颁一令:凡县衙比学校堂皇者,县长就地正法。

48

"圣雄"甘地,曾揭示了社会的七宗罪:"没有原则的政治,没有信仰的崇拜,没有人性的科学,没有道德的商业,没有劳动的富裕,没有是非的知识,没有良知的快乐。"

——一百年来社会进步了吗? 体现在哪里?

49

陈独秀曾找上门去批评素不相识的沈尹默:"君诗极佳,然字太俗,其俗入骨。"沈愕然,但自此二人成为朋友。多年后,沈尹默成为一代书法大家,在北京穷巷邂逅正为创办《新青年》筹钱的陈独秀,遂向北京大学校长蔡元培力荐陈独秀当上北大文科学长。

——大师辈出的时代,佳话频频。大师没有了,把佳话也带走了,只有许多的恶语相向、落井下石。

50

关于当了 13 届全国人大代表的申纪兰,网络上微词颇多。2018 年冬,我在北京参加一个活动,有一次乘同一辆车,老太太坐

在我身边,负责照顾她的年轻人向我讲了一些情况,兹录于后:

"老太太八十九岁了,一直生活在村里,不配车,不拿工资,不要秘书,当省妇联主任到省里开会,先从村里骑毛驴到长治,改乘汽车,再转火车,路上要走四天才能到省城。有一次图省事打出租车,不想打了个黑车,中途被警察扣住,省里派车来才把她接走……"

——名人不一定是"明人",方方面面都是透明的,被人看得清清楚楚。

断片

1

　　2018 年暑期,武汉一所小学的一位班主任,在期末的家长会上给学生和家长留了一道特殊的作业:"要求学生和他们的父母二十一天不生气。"到开学第一天统计结果,全班五十个学生,只有一对双胞胎和他们的父母完成了作业。

　　——中国的父母哪来那么多的气? 可以怪教育误人、孩子不争气;可以怪社会竞争激烈、生存压力太大……那么没有孩子上小学的就不生气了吗? 否,气多、气大,沾火就着,已经成了国人的常态。

2

辩护律师在法庭上趾高气扬地质问目击证人:"听好了,莫里斯先生! 该案发生在夜里,据我所知您已八十高龄,视力很可能远不如年轻时那么好,请问,您在夜晚能看多远?"

"我能看见月亮,你说多远?"老人回答。

——有一种人会老成"精品",就凭这么一句机智有力的回答,那辩护律师就输定了。

3

我的朋友董放鸣,可称得上是当代"行者"。他每年都要抽相当长的时间外出行走,已经沿着中国的国境线走了一圈,国家的形状样貌,在他的心目中是立体的、鲜活的。他每次出发都要带上数量可观的现金,不是为了消费,是为了救急时送人。他路途上的消费大多用信用卡或手机在网上付账。

所谓"救急",是经常路过贫困山区,他不是有目标的"精准扶贫",中国太大,该扶的"贫"太多,他没有那个能力,只是碰上看不下去的穷困搭把手。比如,一个山村全部二十多户村民,跪在村口送一位教师离开,教师满脸是泪,不忍放弃村里的孩子,可他一年只有700元的工资,他不仅要养活自己,还有家人要他照顾,又不能不离开。董放鸣掏出身上的全部现金,替村子留住了那位教师。

他每次外出,都是把身上的现金送光了,就向后转。若问他的钱是从哪里来的,放鸣是个功成名就的建筑规划设计师,有自己的公司和团队。

4

巴西国家印第安基金会发言人马里奥·莫拉宣布:研究人员最近在亚马孙雨林中发现一个从未和西方文明有过接触的印第安部落。"这个部落有大约八十七名成员,是卡雅普部落的一个分支。由于长期与世隔绝,这个部落仍然保留着古老的生活方式,男子几乎不穿衣服,下嘴唇带有盘状饰物,女子的头部则有着独特的发型……目前除了医护人员外,禁止其他任何人出入部落,专家担心这个部落长期与世隔绝,很难抵御现代人类携带的细菌和病毒。"

——这就是说,亚马孙未经勘测的大面积原始雨林是纯净的,其中与世隔绝的原始部落是纯净的,而现代文明带来的肮脏是可怕的。不讲毒地、毒粮、毒菜、毒奶、毒气等各种各样带毒的东西,只讲最普通的生活中常用的塑料。电视纪录片《人类足迹》

揭示:"一个人一生平均用掉食品包装 8.49 吨。"近 70 亿地球人,仅此一项就制造多少垃圾!

5

英国水与环境管理协会执行主席尼克·里夫表示:"80%的矿泉水瓶最后都变成了垃圾,需要 400 年至 1000 年才能降解,这些塑料垃圾在燃烧时会产生有毒气体和含有重金属的灰烬。"但,现代人似乎已经离不开塑料了,每个家庭每天早晨只要去菜市场,就会收获几个乃至十几个塑料袋,甚至有不少人的胸脯都是塑料填充的……

是不是可以称现代人为"垃圾人"?

6

近年来有许多人喜欢重复古印第安人的一句谚语:走得慢一点,等等灵魂。自以为是出新,殊不知国人的情况正好相反,是灵魂走得太快:急功近利,贪欲膨胀,情绪乖戾,精神张狂。而身体又跟不上,下部的腿脚滞后,于是事故不断,疾病丛生。

7

有人觉得赚钱的金点子都叫别人想绝了,正的不行来邪的,于是"逆向思维"大行其道。所谓"逆向"常常变成"恶思维",又称"恶搞":有家餐馆叫"饭醉团伙",鞋店取名"心存鞋念",服装店命名"衣冠勤售",理发店称作"飞发走丝"。

——公开打出的旗号就是歪门邪道,古往今来天下还没有一家这样的买卖能干好干大的。即便是过去的"黑店",还竖一杆光明的招牌。

8

每到期末考试阶段,网上就流传学生的"求分咒语":"老师给我多少分,我祝老师多少岁!"

——超过了恶作剧的界限,心地不良。能流传开来,是社会的失败,教育的忧虑。

但社会上更多的反向思维不是恶的邪的,是纯粹的调侃,甚至还会带一点善意。譬如以前妖冶的女子如今叫美女,刁的叫才女,木的叫淑女,蔫的叫温柔,凶的叫直爽,傻的叫阳光,狠的叫冷艳,土的叫端庄,洋的叫气质,怪的叫个性……实际就相当于过去的"黑话""隐语"。不同的年龄段、不同的职业和圈子,有一套相互打哈哈的语言。网络促使了这类话语的传播,有些随之变成流行语。

9

著名的"桑德尔之问",出自哈佛大学哲学教授桑德尔的新著《钱不应该买什么》一书,在过去的15年里,他潜心搜集了大量跟钱有关的资料,努力想发掘在现代社会"还有什么是钱买不到的?"得出的阶段性结论却令人悲观:"时至今日,钱买不到的东西没多少了!"

——既然什么都可以拿钱买,最厉害的一招就是用钱买人性。现代人几乎都不甘心做个普通人,争先恐后要当个"人物",让自己人性的成分减少,物质的比重加大,也就是"有钱人",简称"钱人"或"物人"。于是社会就多事了,大大小小、层出不穷的各类事件背后都跟钱有关。

钱还有个别称,叫"穷人制造器"。亚当·斯密说:"有大财富的所在,就有大平等的所在。有一个巨富的人,就至少有500个穷人。少数人的暴富是以多数人的贫穷为前提的。"更何况现在相当数量的巨富完全是靠空手套白狼,甚至是赤裸裸的贪掠。像被宣判死刑的山西吕梁原副市长张中生,6年时间就贪污10多个亿，真是对社会现实及普通劳动群众的打击和侮辱！

　　钱如此领导一切，且愈演愈烈，这个世界如何是好？不必悲观，幸好世间还有个规则，任何企业的"企"，头上还顶着个人，人好企业就好，人行企业就行；不要人，就只能"止"步。美国默克制药的缔造者乔治·默克有句名言："应永远铭记，我们旨在救人，不在求利。如果记住这一点，我们绝不会没有利润，记得越清楚，利润就越大。"他的公司至今还是世界制药业的领跑者，业务覆盖全球 200 个国家和地区，在全世界有 10 个研究中心，33 家工厂，17 个配送中心，销售额以数百亿美元计。

　　企业能干到这个程度，确实不是钱的问题，而是信念的问题。

　　在发达国家是如此，发展中国家也是如此。印度首富阿齐姆·普莱姆基也有相近的理念："商业道德是一种资产，而非负债。"

10

　　写《桃花源记》的人性格中还有另外一面，常被人忽略。陶渊明常读《史记》，"引司马迁为隔代知己"。司马迁的刚断决绝，谁不知道？陶渊明"不戚戚于贫贱，不汲汲于富贵"，这该有怎样的风骨？且看他咏荆轲的句子："雄发指危冠，猛气充长缨。"

　　他也有"刑天舞干戚，猛志固常在"的一面。正如鲁迅所言：

"正因为陶潜并非浑身静穆,所以他伟大。"

11

第 2436 期《环球时报》转载瑞士《20 分钟日报》的报道,苏黎世大学人力资源管理研究中心的科学家奥利西等,最近公布的一项研究报告称:"在领导岗位上,会'吹'能引发认同感,这些人通过自夸得到上司青睐,被认为比其他同事更有才能。"因此"那些自认能力较强,甚至高过实际能力的人,更容易得到晋升机会"。

——科学就是科学,连这么微妙而复杂的官场现象,都研究得这么透彻,令人信服。"会吹"是个技术活,过了让人讨厌,火候不到达不到效果,所以需要高学历。国务院学位办主任杨玉良院士日前透露:"中国已超过美国成为世界上博士数量最多的国家,其中一半都在官场。"

12

《知识窗》载文《科学相信"命里注定"》:实验与事实证明,细胞是有记忆的,在创世时早有指令性内存。"长耳朵的原子自己会跑到一起构筑耳朵,挡都挡不住;长手的原子也会自动去集合,完成长手的事业,毫无办法。这就是说,在粒子级的微观世界里,上苍早就设定了形形色色的指定密码,谁能反抗?"

无论你决定出国留学或下海创业……一切的一切,并不是"命运掌握在自己手中",而是由细胞层面的逻辑统治着。"因为细胞的运动和逻辑指令,人根本没有觉察和知觉,于是就有了所谓的命。也就是膨胀运动下处于超光速惯性中的命。"所以,"科学的重心愈加向'命运被注定'倾斜"。

——科学已到了出神入化的境界,却反而开始"信命""信神"。就像发现万有引力的伟大的牛顿,到晚年一门心思论证上帝的存在。清华大学施一公教授,在《生命科学认知的极限》的演讲中也有类似的论述,既然宇宙中有 95% 的我们不知道的物质,那灵魂、鬼都可以存在。既然量子能纠缠,那第六感觉、特异功能也可以存在,神也可以存在。

13

金门的历史际遇恐怕在全世界也是独一无二的。金门取"固若金汤,雄镇海门"之意。东西长 20 公里,南北长 15.5 公里,太武山独冠屿上,地势雄伟,形似哑铃。隔海远望宛若仙人偃卧,海上人呼之为"仙山""仙洲",古时还有"浯洲"之称。1949 年 10 月 25 日,解放军乘胜追击,从而进逼台湾,28 军三个团从古宁头登陆金门,9000 多名官兵全部牺牲。

60 年后的 2009 年 10 月 25 日,当时的台湾地区领导人马英九到金门参加古宁头战役公祭典礼,在致辞时说道:"古宁头大捷,在当年风雨飘摇危若累卵的局面中,扭转了内战颓势,振奋了民心士气,开启了两岸 60 年隔海分治的历史格局,也让两种截然不同的意识形态与政治制度,在全球冷战的大环境及台湾对峙的小环境中,各自进行划时代的大实验。"

——这话讲得既符合事实又饶有兴味。

1958 年 8 月 23 日,解放军突然炮击金门,两个小时里金门落弹 4 万余发,密集炮击到当年 10 月 5 日,之后改成定期或不定期的炮击,直到 21 年后的 1979 年中美建交,炮击终止。也正是炮击,又极大地成全了金门,不仅使其名闻天下,而且成了富庶之地。2001 年与厦门通航,每年有 150 万大陆游客拥上金门岛,实行"三通"后翻了不知多少倍,必去参观的项目是钻当年躲炮弹的坑道,看打炮的表演,然后拥挤到商店疯抢金门的三大名牌产品:用大陆炮弹皮包金门菜刀、防治风湿性关节疼痛的一条根系列产品及金门高粱酒。

有一说,"历史是由悲剧推动",但不排除由悲剧变成喜剧的可能。

14

《羊城晚报》转发美国的一项调查："女人手袋的尺码与权力大小之间成反比，女人越有权力，就越不需要手提包。"

——这项调查是对许许多多喜欢炫耀自己名贵包包的时尚女士的打击，你的包越好越多，就越说明你是别人的附庸。

15

法国女财政部长克里斯蒂娜·拉嘉德宣称："女性比男性更适合成为政治家，因为大多数掌权的女性很少受到性欲的影响。因此她们能够做出更冷静的判断。"

——男人正相反，权力只会使他们的性欲膨胀，甚至变态。中国无以计数的贪官绝大多数都有几名乃至几十名情妇，就是最好的例证。

16

美国已故总统里根的女儿帕蒂·戴维斯的回忆录《漫长的告别》中提到，她在少女时期迷上了耶稣，一定要嫁给他。里根是这样劝青春期的女儿最终放弃了梦想的："当耶稣重返人世时，他的日常安排可能非常之满，也许腾不出时间结婚或是同你共进晚餐。"

——凡是家有女儿的父母都深有体会，解劝陷于情感迷途的青春期女儿是最困难的，何况戴维斯爱上的还是现实生活中并不存在的神，既不能亵渎神，又要把女儿从迷恋中拉出来，里根的话说得可算得体而机智。

而华尔街风云人物、被誉为"最富远见的投资家"吉姆·罗杰斯劝女儿的话，几乎可供所有有女儿的人参考："一、处理跟男孩子的问题，要记住的基本原则是，他们需要你远大于你需要他们。二、热烈追求时男孩会告诉你上百万个故事，但你不要理会那些故事。三、不要追随一个男孩到其他学校、城市，或其他场所。四、那些看起来可以做你父亲或祖父的男人，其实并不会把你当女儿或孙女看待。五、不要每天晚上跟你的死党出去喝酒，老板们不会这样做。这正是为什么他是老板的原因。"

有了这五条，一个女孩子就不大可能让一个傻瓜亲吻，或是让一个吻把自己变成傻瓜。

17

世界上人很多，人类学家做过统计，一个人一生会认识 1700

个人,能成为同事和朋友的也不少。但真正需要记住的,就是两种人:

"任何办公室里,只有主角和龙套。"

"任何聚会上,也只有两种人,想回家的和不想回家的。麻烦的是,他们往往跟对方结了婚。"(安·兰德斯)

"什么是爱情?两个灵魂,一个身体。什么是友谊?两个身体,一个灵魂。"(约瑟夫·鲁《一个教区牧师的沉思》)

18

记者举着话筒满大街追着行人调查:你快乐吗?你幸福吗?本来也许并不是不快乐,经这么郑重其事的一问,反而真搞不清自己是快乐还是不快乐了。快乐是纯私人一时的感觉,是经不住别人问的。根据"缺什么就提倡什么"的规律,现代人显然不是很快乐,或者说缺少快乐。

英国《每日邮报》公布了一项调查结果:人们大笑的时间60年来剧减,"一生会花费5个月的时间诉苦抱怨,而畅快大笑的时间总共只有115天。在上个世纪50年代,大笑的时间是现在的3倍。英国工人一生有160天都消磨在吸烟中,有超过一年的时间在病榻上度过。已婚女性处境尤其糟糕,一生花费5年半时间打扫尘埃和整理房间,此外还有3年时间搓洗小件衣物。而一生中跟相爱的人依偎在一起的时间只有一个月多一点"。

世界卫生组织发布的统计数字是："每年都有近30%的成年人患有一种众所周知的精神疾病,抑郁症已是世界第四大疾患,到2020年升至第二位。"

——这是为什么呢? 不是有人说"今天的中产阶级所过的生活比过去的皇室还要好"吗? 快乐是开心,先要把"心"打开,现在连大门都关得死严。可谓国门越打越开,家门越关越紧。就像相声所讽刺的,连街坊都不认识,还考虑世界上有没有外星人!

这就是路斯·哈里斯在《幸福是陷阱?》一书中所揭示的,现代人恐惧担忧的事情太多了,会不会得癌,吃的东西安全不安全,上司对自己有什么看法,配偶是否还爱自己……"花大量时间担心那些往往不会发生的事情。"忧虑过多是因为两个原因,一是贪婪,对生活的要求过高,要"更多的钱、更高的地位、更多的爱、更好的身体、更新的车、更大的房子……"而欲望的反面就是抑郁。第二是攀比,随便翻开报纸杂志或打开电视机,马上就看到比自己更聪明、富有、强壮的成功人物,凭什么是他们而不是自己?

其实何必太在意快乐不快乐,快乐的特质是稍纵即逝,不会一直持续下去。人为的快乐有时是一种病,坏毛病就能带来快乐,譬如吸毒。往轻里说不是还有"饭后一支烟快乐似神仙"的俗谚吗! 如果贪求快乐就不会有真快乐。

不必抑制快乐，又能战胜快乐，才是真境界。

19

演员文章，能背诵整部的话剧《茶馆》，可见下过真功夫。现在有不少年轻演员条件不错，也有才华，就是太闹了，一窝蜂地都往出丑、搞怪、胡闹的一条路上挤。闹来闹去，只有热闹，没有艺术。陈佩斯有言："喜剧的内核是悲情。"

20

联合国副秘书长埃里亚松在一次联合国的会议上宣布："根据联合国新的研究发现，在大约70亿世界人口中，有手机的占60亿，而有马桶的仅有45亿人。"

——他真是好想象力，怎么会将手机与马桶联系起来，并对立起来？当然是为了减少没有马桶的人群，促进人类的健康和环境的清洁。麻省理工学院社会学教授雪莉·特克尔在《挽救对话：谈话在数字时代的力量》一书中披露，"普通美国成年人，每隔6.5分钟就会查看一次手机"。谈话都是片断性的。

我查不到关于中国人使用手机的数据，只能利用一次参加座谈会的机会，认真观察对面的年轻人，在两个小时里他的眼睛就没离开过手机,有时会放下手里的手机,从口袋掏出另一个手机看一眼。当然是因为他不用发言。

21

现如今关于长寿的秘诀铺天盖地,我欣赏两个表达比较俏皮的。

其一,1.不要为小事担心;2.天下所有的事情都是小事情;3.万一遇到大事,别慌,请参照第二条。

其二,一八旬老翁身强力壮,有人问其健康秘诀,他说:"每次太太跟我吵架,我就出去散步。五十年来我大部分时间都在户外活动。"

22

国有门,家有门,社会也是有门的。并非每个人成年后就能自然而然地进入社会。所谓"北漂""南漂"等等,就是"漂"在社会大门之外,等待机会进入。即使进了社会的大门,里面还有许许多多小门,每道门里的风光都不一样。所以各种把门人都很牛,种种"潜规则"都是为了讨好把门人而产生的。

你不巴结把门人,他就会出很多怪题、邪题把你挡在门外。

比如一家公司前年招收一名推销员的考题:1.怎样向常年生活在冰天雪地里的因纽特人推销冰块? 2.以50美元的价格向美国总统特朗普推销一两信阳毛尖,以特朗普的汇款单为凭据。

一女硕士数次求职失败,不是因为能力和专业,而是用人单位认为她两年内就会结婚生孩子。她不得不在求职简历中特别写明:"如果单位需要我几年内不生孩子,我愿意写一张保证书。"

难道中国的企业,都希望自己的员工个个是年轻的"绝户"!

郑州一大学毕业生在求职简历中这样介绍自己的细心:"三年多从未丢过钱包、手机或个人证件。"他在求职的路上磕磕碰碰走了三年了,又不好意思太过吹嘘自己,夸夸自己多么仔细还是可以的。

但也有例外。中国姑娘彭丹,考上了牛津大学的博士,在面试时却和导师阿加尔教授激烈地辩论起来,教授很生气,整个走廊都能听到他们的争吵声。最后她竟然被录取了,阿加尔教授特意站起来对她说:"你看,我的孩子,你骂了我两个小时,但我还是决定要你。因为我要你尽情地在我的支持下反对我的理论。如果事实证明你是错的,我将十分高兴。如果你是对的,我将更加高兴。我希望到我去世时,你能成为比我更好的心理学家。"

彭丹在校园里被称为"骂进牛津的中国姑娘"。这就是为什么英国会有牛津,以及牛津之所以为牛津的原因。

23

旅行到盐田,突然想到:精神就是文化中的盐。当下不缺文化,而是泛文化、滥文化,什么都假文化之名,到处都在"文化搭台",却缺失了精神,缺思想、缺品骨,就像炒菜缺了盐。

24

法国批评家塞吉·丹尼的新著《什么是电影》中说:"坏导演没想法,好导演有太多想法,伟大的导演只有一个想法。"

——王家卫声称拍电影要见自己,见天地,见众生。所以他是好导演。因"一个想法"而伟大,那就是有了自己的"终生主题"。一如评断历史对于太史公,仙狐鬼魅对于蒲松龄。

25

四川老画家刘伯骏,是潘天寿的得意门生,九十多岁依然非常勤奋,"三天不作画,心里像猫抓似的"。右臂因"文革"中被捆伤,无法握笔,改用左手画画。那时没有作画的条件,白天一有空就用竹枝在沙滩上画,晚上躺在床上以手指在被子里画,常常把被子划破。他在一首诗中说:"真味在象外,风骨贵无形。不为陈规束,我欲动破静。"

——我很喜欢"动破静"的意蕴。人们历来都宣扬"以静制动",对普通人来说,能"静"下来太难了,更别提还要"制动"。我的大部分小说都是骑在自行车上构思的,至今还是这样,脚蹬子一转脑子就活了。年轻时将近 20 年上班要骑车 1 小时 45 分钟,一天在自行车上近 4 个小时。写长篇时脑子被故事和人物纠缠,无论黑夜白天静不下来,有一天突然发狂跳到河里,在水里一游动,竟然心静了,把脑子里的人物和故事也全赶跑了。真个是以动求静,动中有静。

26

"生活水平高,指甲长得快。与 70 年前相比,其生长速度增加了四分之一。"

——我看到美国科学家的这个最新研究报告才知道,现代时尚女人都在指甲上做文章,并不单是为了好看,而是在炫耀自己的日子过得好,堪比慈禧。

27

之前读的《全国土壤污染调查报告》，一直耿耿于怀。

"常见的害虫只有 20 种，而农药 1000 多种，生产农药的企业 4000 多家。每年只有 0.1% 左右的农药作用于目标害虫，99.9% 的农药进入生态系统，然后进入生物链，进入中国人身体。

"14 亿人每人每年平均吃农药 2.67 公斤。

"东北黑土地是世界三大黑土地之一。在未开发前，东北黑土层 60~80cm 厚，形成 1cm 需要 400 年。而现在，每年以 0.7~1cm 的速度消失……"

——我百思不得其解，以现有的管理体制，真想禁止一件事是很有效率的。比如国有企业改制，工人下岗，扫黄打黑，对网络及书籍报刊的监管等等。为什么对几近民怨沸腾的食品安全，这么多年没有明显的改观？也未见对赖以生存的土地的流失、板结和退化有根本性的举措？

28

日本开发出防止员工在工作时间打瞌睡的系统，其原理就是用摄像头跟踪员工的眼皮动作，如果员工眼皮动作发生变化，系统便判断员工出现了睡意,随即将房间空调下调几度,刺激员工大脑清醒。

——看来员工要想不挨冻,整个工作时间都要睁大眼睛,眼皮一动不能动。机器人尚未取代生物人,对待生物人却像对待机器人一样了。随着科技的高速发展,人类恐怕是自己挖坑,自己往下跳了。

29

《新闻周刊》2018 年 9 月 29 日报道:"最近,一贫困户家的门上贴了一行字,'各位领导,本人已脱贫,请不要再来打扰了'。"

——此人是真脱贫了,还是不堪被扶贫者打扰?电影《十八洞村》里有个细节,村里扶贫小组往贫困户大门上贴白条,被户主视为耻辱,愤怒地撕掉白条,坚决不要救济。莫说是扶贫,即便是施舍,首先也要有精神和人格上的尊重。

30

现在的问题是口号太多、太大,许多年来中国人已经培养出了"口号免疫力",除去开会时坐在主席台上的人要大讲特讲甚至背诵这些口号,台下的人以及散会后,谁还会认真思考或实践这些口号？前几天刚发表的北京市特级教师王俊鸣先生的文章《关于汉字的"乱"》中,举了几个大口号中的关键的字都写错,让整个口号的意思正相反:

"谁防火,谁坐牢"——可能想写"放"。

"加速金融扶贫"——金融确实扶了不少"贫",还要加速哇?

"科学致贫"……这不只是汉字的乱,更是对各种各样的口号不用心,应付差事。

31

浙江洞头的女作家瘦尽灯花,向我讲了两个"捞元宝"的故事。渔民在海上看到浮尸,不认为是不吉利,而觉得是一种福气,所以叫"捞元宝"。她的哥哥是打鱼队的船长,曾捞过两个"元宝"。

第一个"元宝"捞回去以后,在海滩上放了三天无人认领,便火化,然后将骨灰装进陶罐,埋到山上。不想火化后那"元宝"还剩下一个完整的骷髅头,明显大于陶罐的罐口,有渔民要把骷髅头砸碎,被她哥哥拦住:"别砸,先放罐口上试试。"她哥哥捧起骷髅头往罐口上比画,那骷髅头确实比罐口大很多,可不知怎么"咕咚"一声骷髅头竟自己掉进陶罐了。

第二个"元宝"是在外海发现的,当时有点风浪,渔民抛下去的绳套怎么也套不住浮尸的脚。船长在甲板上对着浮尸高声喊道："你要想回家,就跟着我走!"渔民们瞪着眼睛硬是没看明白,那浮尸的一只脚怎么就伸进绳套了。

——这两件事都是在众目睽睽下发生的,渔民们对此早已见怪不怪,习以为常了。或许当下正时髦的"量子纠缠"理论,能从科学上解释这一现象?

32

访古郡须格外留意珍奇古木。古城襄阳的竹园禅寺有雌雄两株 1200 年的银杏,每株的树干胸围 4.6 米,高 40 米,冠幅 200 平方米,远瞧蔚为大观,走近了气韵盛大,笼盖着一种清凉而神秘的氛围。

白水寺则有一株 1800 年的古黄连树,四人方能合抱,枝叶繁茂,遮天蔽日,当年为纪念"一战摧大敌,顿使何宇平"的刘秀称帝而植。1992 年枯萎,看上去完全死掉了。1994 年纪念刘秀诞辰 2000 年,乡人举行了隆重的祭祀活动,此树竟奇迹般地复活,重现生机。

——乡人将其视为刘秀的化身,树干上系着大红的绸带,树下摆着许多供品。其实许多地方都有祭拜古树、敬大树为神的习俗。

33

成人社会的嘈杂喧闹、废话连篇，竟遗传到下一代，许多孩子刚学会说话就开始"侃大山"。报纸上有条新闻批评幼儿园的老师，有些孩子话太多，说个不停，影响老师上课，老师便用胶布把这些"小话痨"的嘴巴封上。

抚顺市新抚区某小学三年级一班，对付课堂上的话痨有更文明些的办法，老师口袋里常备有奶嘴，给那些上课不听讲，不停地交头接耳或窃窃私语的学生，发一个奶嘴叼上。

报纸批评这些老师处罚不当，为什么不探究一下这种现象的深层原因？尽人皆知，世界上几乎无处不反感中国游客在本该安静的公共场所大声喧哗，有时碰到这种场面真祈望有人站出来，像幼儿园和小学的老师一样，给大嗓门的话痨们发个奶嘴或给块胶布。

34

报载，某年1月，日本奈良公园的鹿伤人事件多达164起，受伤的游客中外国人占79.5%，其中中国游客占83%。

鹿也是畜生，根据这个统计数字可以看出它伤人竟然是有选择的。媒体也报道过中国关于狗伤人的调查：凡是伤人的狗的主人，大多是以自我为中心，平时与同事和邻里关系处得不好，甚至是性格和精神上有缺陷。

说得更直接一点，人仗狗势、炫耀、宠溺狗狗，人畜关系颠倒，人养狗变成狗养人，这种人家的狗多是恶犬。什么样的人，养什么样的狗，你看看古今中外那些著名的忠犬、义犬，它们的主人哪个是不忠不义的？

35

商品社会最发达的，就是花样翻新、让人脑洞大开的各种推销术。我见识过一位能制造戏剧效果、又不太让人讨厌的推销员。司机将车停在路边等个人，车前一个小伙子突然向后一跳摔倒在地，用很痛苦的表情看着司机。司机急了："我的车没动，没碰上你啊，年纪轻轻就这么讹人啊！"

小伙子躺在地上说："谁能证明你没撞上我？你的车上装了行车记录仪吗？"司机心头一紧，没装啊。"后悔了吧？"小伙子说着从地上利落地爬起来，从包里掏出一个盒子，"大哥装一个吧，给你优惠价。"

如今马路上"碰瓷儿"的防不胜防，哪天倒霉被碰上一次就可以买两个记录仪，还是装一个防患于未然吧。

36

台北的阳明山无人不知,原名草山,为了不让人联想到"落草为寇"一语,蒋介石用自己崇敬的先圣王阳明的大名给这座山重新冠名。山上到处都是相思树,与大陆的红豆树相对应,令人联想丰富。

蒋介石晚年基本就居住在阳明山的中兴宾馆(后改为"阳明书屋")。此馆坐南朝北,北面是大屯火山群的最高峰七星山,南面有淡水、基隆两条河围绕,被视为安全而隐秘的"风水宝地"。门口一株巨大的枫香树,此树在日本被称作"活化石"。

——在台湾任何一个地方,从文化习俗到自然生态,总是让人联想到跟大陆的千丝万缕的联系。

37

我相信看过第二次"特金会"的人都会有些感慨,特朗普风光无限地去越南会晤金正恩,令世界瞩目,可他的后院却吵得沸沸扬扬,最亲密的同事背叛他,国会在调查他……

美国当然是让全世界最感兴趣的国家,可能也是世界上被其他国家议论乃至咒骂最多的国家。美国内部也一直争吵不休,总统三番两次被刺杀、被弹劾、被调查、被媒介监督指责……甚至美国政府也一次次地自找不自在,比如 1929 年的大萧条,造成了"人类有史以来最大的一次经济危机",而美国政府竟然聘用一些摄影师,专门到各处拍摄社会的困苦、混乱等阴暗面,看看大萧条对居民的影响程度究竟有多大,以及政府出台的政策实施效果如何……

——美国似乎就从来没有过歌舞升平的"太平盛世",可它就在不断的内讧和别人的骂声中一直保持着任何国家都无法比肩的强盛,真是这个奇怪的世界上一个奇怪的老大。

38

著名企业家王石在湖畔大学讲演时说道:"我们也遇到明显给万科使绊的,我不敢说百分之百,百分之九十九都锒铛入狱了。"我看到这里心里一动,也想盘点一下整我最狠的人的归宿:

"文革"刚结束,我由被"监督劳动"改为车间副主任,我的一个朋友把我私下发的牢骚,添油加醋地告发到车间总支书记那里,然后两个人一起到厂部告我的状,想把我重新打回"牛鬼蛇神"。我离开车间不久,这两个人的独生儿子因犯罪一个入狱、一个死亡,总支书记惊恐加悲痛过度,很快也到地下跟他死去的儿子团聚了。

对我的小说《乔厂长上任记》有刻骨仇恨的一市委文教书记，无论大会小会只要他讲话，都要先批"乔厂长"，凡事以"乔厂长"画线。退休后老年痴呆，由于身份特殊，走丢后电视可以中断节目，播放寻他的启事。

1984年春，第二次中美作家会议在北京召开，当时中央负责意识形态的常委胡乔木，在人民大会堂云南厅接见两国作家，跟我握手的时候说："刚读完你的大作《燕赵悲歌》，你们的市委一把手给我写了七页的长信告你。"当时叫"第一书记"，退休不久就去世了。但愿他到阎王爷那儿不再打小报告。

中篇小说《收审记》发表后，当时的政法委书记给市委书记打报告，以丑化公安为由要抓我。市委书记说，为了一篇小说怎么抓他？你一抓他，他的名气更大了，小说读的人更多了，你不是在帮他吗？——这些话是当时的宣传部长酒后批评我十几年不参加政协的会，顺嘴带出来的。还有一个副书记，对《天津文学》的一位编辑讲："你们那个蒋子龙别犯在我手里，犯在我手里我叫他生不如死！"那位编辑跟副书记的儿子是哥儿们，常去他家串门，给了副书记发狠撒气的机会。

我一直想不通，这些人我全不认识，为了一部小说怎么会跟我结这么大的仇？是染上了"意识形态狂躁症"，还是整人整惯了，以此为乐？如今都作古了，他们的恨意会不会遗传给下一代？

我挨整太多，考验出的小人就多，还有一些，故事性不强，不提也罢。但综观他们后来几十年的生命状况，混得风生水起、小人得志的几乎没有，灰头土脸，生命衰败的倒有。不必说到后代，只以一个人的一生为长度考量，"恶有恶报"并非没有道理。

葵花灯下

1

2018年3月5日的《广州日报》载文:三十一岁的郭天和四十二岁的顾青,是慧灵智障人士服务机构艺术团的男一号和女一号,双双坠入爱河。但双方父母并不支持他们的爱情,理由是他们一个心智障碍,一个患唐氏综合征,家长认为"爱是要瞻前顾后的,他们连自己都照顾不了时,又如何担起家的责任"?

——中国的父母总是考虑得很实际。

美国少年雅各布·巴内特,两岁时被查出患有自闭症,而他的智商却比爱因斯坦还高。如今刚十二岁已开始攻读博士,印第安纳大学还为他提供了一个研究员的职位。研究主要集中在相对论和宇宙大爆炸学说。而他的母亲却忧心忡忡地说:"我最担心的,是他永远失去了说'我爱你'的能力。"

这就是差异,中国家长为孩子还能爱担心,美国家长为孩子不能爱担心。而爱,是生命的精华,是奇迹,是恩泽,就像从天而降的雨露。记得爱因斯坦似乎也说过类似的话:世界上确实存在着一种叫作天赋的东西,最珍贵的天赋就是爱。

2

功利社会,急功近利难免会碰得头破血流,于是想寻求心灵救助。这便造就了一种遍地"鸡汤"的社会现象。鸡汤味道千奇百怪,无所不包。比如一个人该怎样活着才算生活?"不下馆子不剩饭,家务坚持自己干,不打的,不血拼,上班记得爬楼梯。"

拿多少钱最好?"年薪3万收入的人最幸福,最辛苦又最没有成就感的档次是年薪10万。"

——这是忽悠打工族,炮制这款鸡汤的人如果年薪10万,会只拿3万吗?

怎样混官场?"真着急假生气,热问题冷处理,敢碰软不碰硬,走直道拐活弯,过去的事不后悔,眼前的事不攀比,一心一意干工作,全心全意保身体。"

——这样的人在官场"混"也许可以,想"混"得好,恐怕不那么容易。

怎样处理男女关系?"爱情在自己的电脑里,老婆在别人的电脑里";"男人都对女人的乳房感兴趣,谁会关心乳腺癌";"天堂就是别的女人都在,而老婆不在的地方"。

——谁按照这个鸡汤处理男女关系,准乱套。

其实鸡汤就像雅段子,说的人多,照着做的人少。天下事从来如此,有些名词是新的,问题是旧的;有的相反,名词是旧的,问题却是新的。一个时期总要流行点什么,不然社会就会觉得寂寞,就像现在的人们有"P"好一样,把什么都往"P"上靠:电脑叫"PC",网址叫"IP",电脑合成叫"PS",对决叫"PK",读博叫"Ph.D",全球定位叫"GPS",国民生产总值叫"GDP",甚至把领导同志叫"VIP",把蒋介石的口头禅叫作"NCP"……总之是"P"话连篇。

3

加拿大麦吉尔大学管理学院教授亨利·明茨伯格,被誉为"最具原创性的管理大师和世界最优秀的战略思想家"。在其新著《战略历程》中,这样剖析当今世界的乱象:"领导太多,管理太少!"

——到处都是管理的问题,许多事端、事故乃至重大危机,包括由美国次贷危机引发的席卷全球的金融风暴,其根源也不是金

255

融的、经济的，而是管理的失败。

他给出的药方是：小至一个部门、一个公司，大至一个国家，"已经拥有太多的领导力了，而真正需要的只是更少的领导力，刚好足够的领导力就行。把英雄式领导，变成投入性管理"。"是时候把管理与领导力一起带回，回归于脚踏实地了。"

他所说的还是西方发达国家，而世界第一"公务员大国"，各级领导最多的国家，似乎是在东方。

德国戏剧大师布莱希特的名作《伽利略传》中有两句对白，一人对伽利略大发感慨："没有英雄的国家是多么不幸啊！"伽利略则回答说："不！需要英雄的国家才是不幸的。"

4

1989 年春天访问日本，见到了很多中学生，有个强烈的印象：日本的年轻人不漂亮。不是有句老话，"鬼在十七八也是美的"吗？跟从电影及电视剧中看到的日本人差距太大了。

回国后特意留心观察中国的青年学生，发现也不是很漂亮。这个结果让自己吃惊，心里还很别扭，也有些不大相信自己的观察与感觉。于是写了一篇文章《人会越来越丑吗？》，发表在《随笔》上，以期获得人类学家的指教。

事隔近 30 年，终于有了结果，而且正是我想听到的那种答案。是零点调查公司董事长袁岳宣布的："中国有史以来的任何一代人，都没有 80 后、90 后那么漂亮，没有在平均人口中有那么多的帅哥美女。"世界上任何一个国家的观众，如果根据中国的影视作品判断中国人的相貌，相信都会得出"很漂亮"的结论。

袁岳还说："今天中国的大街小巷越来越具有可看性，因为我们有越来越多的漂亮英俊的年轻人。"若是单看外表，确实养眼。而网上有一消息，据英国研究人员发现，每天看帅哥美女能多活 5 年。1981 年中国人均寿命 67.77 岁，到 2015 年就增长到 75 岁。这是不是有众多美男靓女的功劳？

但同样是海外的医学研究证实，"多看暴露的美女则血流加快，某种激素分泌增加，脑垂体容易产生疲劳，加重心脏负担，最终缩减寿命"。

如果美女帅男们再穿着得体，言行同外表一样帅气靓丽，那就真是养眼养心，功德无量了。

5

许多年前，在云贵高原一高山湖泊泛舟。船主是彝族小伙子，与另一船上的同族青年赛歌，你一首我一首，水波助兴，群山呼应。大饱眼福、耳福，心神陶醉。其中一首歌的歌词，至今不忘：

山被水分开，

羊被路分开。

女人被男人分开，

人被心分开。

6

美国标语不多，在马里兰一间中学餐厅内有一幅："自然选择的结果是：动物不能合上耳朵，却可以合上嘴巴。不遵守这个法则的生物都会被淘汰。"

——用了这么长一串文字，以生物学语言含蓄地绕了个大弯子，其实所要表达的，就是中国一句三个字的古训："食不语"。

中国随处都有标语，在一所大学的学生食堂里，一幅极醒目的大标语倒是十分的直白："食堂内不准喂饭！"

校园里恋爱成风，处于热恋中的年轻人动作越来越公开，旁若无人。对两个当事者来说是很亲密的举动，一旦公开表演，甚为不雅，乃至影响别人食欲。以至于惹得大学教授们不得不以大白话告诫自己的弟子们，收敛这种类似婴幼儿的低端进食习惯。

7

世界上结婚最便当的地方是拉斯维加斯,从早晨八点到夜里十二点都在营业。带着护照,填张表格,交上二三十美元,立马就都办妥了。所以世界各地的明星都去那儿结婚,有钱的可以办得要多浪漫有多浪漫,没钱的想多简单就多简单。可谓名副其实的"结婚之都"。

世界上找"二奶"最划算的地方是科威特,该国的议员已经提议,向娶第二个妻子的男性公民提供补助,为了减少他们未婚女性的人数。

——我就此问一富翁,是不是想移民科威特?他十分向往地说,我倒是想啊,可老婆不同意。

世界上离婚最容易的是德国,有个大名鼎鼎、生意红火的"分手公司"。交 29.95 欧元,分手后还可以做朋友,或老死不再往来。多加 10 欧元,两人可以不见面,以信函分手,一切手续由公司代办。交 64.95 欧元,双方可以见面,确保和和气气地好离好散。

够神的,可见这家公司的实力。现代人的感情问题复杂而多变,应该有各种各样的公司帮助解决这些感情纠葛,既是积德行善,又可大赚其钱,何乐而不为?

8

人们张口就是"西方"如何如何，何为"西方"？

我以为概括得最简练的解释："一、古希腊民主制、科学与学校；二、古罗马法律、私有财产概念、'人格'和人文主义；三、《圣经》的伦理学和末世学革命；四、中世纪'教皇革命'人性理性将'雅典''罗马'和'耶路撒冷'融合；五、启蒙运动的自由民主革命。"

9

封建社会是迷信社会，抬脚动步都要看皇历。现代商品社会是合约社会，一进入社会便要不断地签订各种各样的合约。有些孩子甚至不等进入社会就要跟家长签合同，刷碗多少钱，拖地多少钱，收拾房间多少钱……于是人间的合同便五花八门，无奇不有。

《南京晨报》2005 年 7 月 7 日报道，丈夫夜不归宿，妻子无奈想出订个合同约束对方：任何一方晚上不回家或回家过迟，要向另一方支付"空床费"，从午夜十二点起，每小时一百元人民币。

——收费不高，能管用吗？

《信息时报》载：一留美博士归国后，到广州市公证处为他近六千字的婚前合同书进行公证。合同规定，在夫妻生活方面，每周性生活不得少于两次，质量要求能令对方轻松愉悦。

——这有点书生气，"轻松愉悦"是个人感觉，如何量化考核？我忽然想起契诃夫的名言："大学培养各种才能，包括愚蠢在内。"

还是当今世界"第一钻石王老五"摩纳哥继位王储阿尔贝王子有经验，婚前合约上写道："未来王妃将不可能有太多时间和阿尔贝王子睡在同一张床上，但她至少得为摩纳哥王室生下两名男娃，当然三个更好。阿尔贝王子将为此付给王妃一亿美元。"

——钱不少，难度也够大，不经常睡在一起，还要求生两三个小王子。但是，随着科技的发展，实现这样的合同当不是难事。以后人类任何感情的细微变化，不仅是"轻松愉悦"，即便是"欲死欲仙"，也可以测试考核，将具体指标写进合同书。

可以预言，未来的和约将越写越长，越来越好看。

10

创立于 1887 年的日本花王日化用品公司，经过 20 年的调查得出结论："当日本经济迅速发展时，女性更愿意留长发，当经济出现停滞、衰退时，她们则多留短发。"

美国女人对经济的敏感则体现在裙子上，一项调查结果显示："美国经济萧条时,女人们喜欢穿长裙子,经济繁荣时则流行超短裙。"

——经济已成为最敏感的社会神经,其走势如过山车,忽上忽下,一会儿"风暴",一会儿"崩盘"。而经济学家的判断又云里雾里,还常常不靠谱。因此各行各业都有自己的"风向标",根据社会风情的变化做出自己的判断和调整。

在中国,对经济最敏感的是开饭馆的:"高档酒楼一冷清,说明中央反腐倡廉动真格的了;连低档饭馆也冷清了,说明物价又涨了。"

但这个规律只适合长江以北,在广东一到周末,大小饭馆都爆满,他们对经济形势的敏感体现在"凉茶"上。凉茶销量猛增,说明经济状况不太好;喝凉茶的人少了,经济形势看好。

11

现在忽悠老年人的段子很多,比如"黄忠六十岁跟随刘备,德川家康七十岁打天下,姜子牙八十岁为丞相,佘太君百岁挂帅,孙悟空五百岁西天取经,白素贞一千岁下山谈恋爱。老小伙子们,看你们谁还敢说自己老了!"

不说古代说当下,网上报道一个中国老头,九十多岁了,每天骑自行车去海边的老人院,邻居问他为什么老往那儿跑,他说:

"那里有很多七八十岁又年轻又单身的女人呀!"

干大事的也有,加拿大第六大城市密西沙加市市长麦卡利恩,已经八十九岁了,连续三十三年担任该市市长,现在"依然身体健康,思维敏捷,雷厉风行"。

——我还不到八十岁,每天早晨游泳六百到八百米,上岸后非常轻松,自觉真是离老还远着哪。可前两天刚上小学一年级的小孙子问了我两道作业题,一下子把我问老了。第一题:"小明不喜欢穿高跟鞋,小明换灯泡不用梯子,小明是谁?"我想了半天无法破解这道鬼题,问他老师给了标准答案吗? 他说正确答案是"姚明"。天哪,姚明能叫小明吗? 你们老师又不是他奶奶!

第二题:"米的妈妈是谁?"这个容易,我说是谷子。小孙子说又错了,是"花,花生米"。这是你们老师说的,还是赵本山说的? 他说是老师说的。

真的老了,不承认不行。而且老得不如一个孩子,超过了"老小孩"的阶段,那就是接近老糊涂了。

12

何谓"口福"? 世界上哪个国家的人最有"口福"?

——白俄罗斯。地处欧洲中部,因有上万个湖泊,故而享有"万湖之国"的美誉,有广袤的森林、富饶的土地,给白俄罗斯带来发达的农业和畜牧业,是真正的"天府之国"。

数据时代,以数据说话:"平均每个白俄罗斯人,一年要消费75公斤肉类,234公斤奶制品,280个鸡蛋,190公斤马铃薯,144公斤蔬菜瓜果,39公斤糖,90公斤面粉类食物⋯⋯"

平时节食、吃素的人们,看到这一组数字是不是会吓一跳?必然心生一问:白俄罗斯人会不会都吃成大胖子?

所谓"口福",是能够享受食物带来的幸福,而不是为食物所累。只说一个现象就可以化解上述疑问:白俄罗斯盛产美女。

而盛产美女,说明白俄罗斯人的上辈及上上辈,一定有众多优良的基因。

13

一朋友从叙利亚回来,见面不谈那里的战火和废墟,开口竟是"叙利亚的黄瓜、西红柿太好吃了! 所有青菜和水果的味道都特别正⋯⋯"

这令我想起1982年第一次去美国,对那个"头号资本主义国家"充满好奇,却发现他们的黄瓜、西红柿以及苹果等蔬菜水果不如国内的好吃。一开始不敢确信自己的感觉,几天后问同去的作家,他们竟有同感。每到超市看到"天津鸭梨",又亲又甜。当时有些费解,那么发达的国家,为什么青菜、水果不如我们的好吃?

30多年过去了，我们终于弄得蔬菜、水果比美国的还难吃，好赖换来了一个"世界第二大经济体"。

发达了变味，落后了挨打。人有好受的时候吗？

14

有一种时髦的东西，叫"干手机"。

求职者、相亲者、推销员、卖保险的、大小官员……总之一切需要主动和人握手的人必备，在握手前将自己的手烘干。

英国一家干手机制造商的一项调查显示："很多信心不足的面试者、求助者，在等待会面时，往往会紧张得手心冒汗。而一个紧张湿滑的握手会让对方印象很糟糕，以至于因此失去自己渴望得到的机会。"该公司还调查了2000名面试官，其中20%的人承认自己会"以手取人"。

握手有一套学问，尤其是与陌生人见面的第一次握手，是闯入对方隐私的瞬间，可以是获得信任和发展亲密关系的开始，也可以是应付性的一般礼节，甚至可以表达厌恶、鄙视。人是一种不能离他太远又不能离他太近的动物，握手时对身体间的距离要掌握得合适。

握手时高抬手臂，说明手里没有刀或枪，表示真诚的善意；握手时躬身向前，表示恭敬；握手时眼睛不看着对方，是一种轻慢；

握手时手背向上,暗示自己是主导,高高在上;握手时手心朝上,表达谦卑……

求人或被人求时,知道该怎么握手了吧?

15

读报看到一南一北、一小一老两个人,都是在半夜不睡觉的故事。心里万千滋味,有凄清,也有感动。重庆巴南区界石镇一八岁男孩,夜里三点独自在街上溜达,家里大人外出赚钱,他一个人在家害怕,想到学校里有老师和同学,就半夜去上学。出了家门才想起学校还没开门,只好在大街上磨蹭。

——康德说,有三种东西可缓解生命的辛劳:希望、睡眠和笑。哲学乃至经典大道理在这个小男孩面前是多么的苍白无力。他还太小,只需要一个亲人陪伴,没有亲人老师同学也行……小小年纪就开始饱尝金钱社会的孤苦。

沈阳七十四岁的王忠臣,每天深夜两点起床,为了照顾七十五岁瘫痪在床的妻子,要让她一睁眼就能看到自己。他鄙视睡眠,甚至鄙视自己的年龄,得空就出去跑步,为了不让自己先倒下。他有一种孤独的强大。因为他有希望,就是让老妻知道他随时都清醒强健地守在她身边。

——他比上面的小男孩更辛劳,也更幸运、更幸福。因为他有亲情可享,有亲人可守护。"爱一个人要付出很大代价,但不爱任何人,代价就更大。"

16

我一直对沈阳这座城市有种特别的敬重。其儿童福利院每年要接收 120 名孤残儿童,姓名不详的一律让他们姓"沈",发放"儿童福利证",如同居民身份证。

所不同的是有了这个证,在生活、医疗、康复、教育、住房、就业等方面就有了保证。这是因为辽宁省有一项具体救助孤儿的政策,叫《关于加强全省孤儿救助工作的意见》。辽宁全省有孤儿8741 人。

我想不到已经进入还是快要进入"小康社会"了,竟还会有这么多孤儿。不知其他省市及全国,对孤儿也有这样详细的统计和救助措施吗?

17

在电视上见过一段采访周有光先生的视频,他谈到在宁夏劳改时的一个细节,几十年过去了老先生不能忘,我只听了一遍也再不会忘。有一天出工时接到通知,带着农具到土场上集合,劳改队头头先训话,然后再干活。天气已开始转凉,不知为什么那天周先生抓了草帽戴在头上,或许潜意识里怕头头训话时看到自己的脸色……

总之那天几百个劳改犯和右派分子,齐整地站在空旷的麦场上,只有他一个人戴了草帽。正当头头训话训到愤慨激昂处,天空突然一阵发黑,数万只大雁飞过头顶,飞鸣声声,然后雁屎便如大雨点子一样落了下来。训人的和被训的又都不能动,即便想躲也躲闪不及,除去周先生,其余的人都被砸得满头满身的雁屎。

——真是奇观!大雁一般是十几只或几十只一起飞,"雁点青天字一行""万里一行飞",最多也就是李益的诗里有一句"江上三千雁"。几万只大雁排空齐飞,还不是千古奇观吗?

大雁一直被视为忠诚、坚毅的候鸟,是获得人类同情最多的大禽,"失群寒雁声可怜,夜半单飞在月边";"羽毛催落向人愁,当食哀鸣似有求"。这么有灵性又活得同样不容易的大鸟,为什么要向地面上这些连自由都没有人的头上拉屎?是提醒他们,风凉了不要这么多人傻站在旷野,赶快离开;还是劳改队头头的高腔刺激了雁群,一种本能的还击?

18

同样都是人,不同国家或地区的男女会有巨大的差异。

在伯尔尼斯·卡纳的新书《当谈到男性,什么是正常的?》中,用数据揭示了美国男人的许多"小秘密":"10%的男人从未洗过衣服,40%的男人知道用1/3锅的生米就能蒸出一整锅的米饭,而知道这一点的美国女人只有28%。

"55%的美国男人有和自己的汽车聊天的习惯(在中国这很容易被视为精神有毛病),一半以上的男人曾在车里做爱。他们告别处男的平均年龄是16岁,一生中坠入爱河的平均次数是6次,一生中的性伴侣是14位,44%的男人曾经一见钟情。

"1960年之前的美国妇女,平均结婚24年半后才发生第一次外遇;而现在,妇女有婚外情者往往始于结婚第五年。出轨的比例甚至比同龄男性还要高出一成。因为女人们可以更真实地去生活。"

——这话说得有些绝对了,不出轨的男女就不是在"真实地生活"吗?或许美国男女间的这点事比较公开、坦率,为防止夫妻一方出轨或偷情,出谋献计的人也多。

美国心理学家丽贝卡,对1400人进行调查研究后,总结出一套"睡眠中的建议法",妻子如果想规劝或吩咐丈夫该干什么不该干什么,不必唠唠叨叨,惹他反感乃至引起争吵,只要在配偶熟睡后,将自己的想法像唱催眠曲一样讲给他听,便大功告成。用这种办法,想让丈夫怎么做,他都会照办。

——真的假的?催眠曲难道有魔力?看来美国女人唱歌都

不错。欧洲的瑞典发布了最新研究成果,要比美国人的办法简单得多:"丈夫比妻子年长 15 岁,婚姻就最美满。"美国担心的那些事将不会发生。

中国没有人像卡纳那样也写一本揭示男女"小秘密"的书,在中国要调查研究这些"小秘密"很不容易。但,并不是没有化解之法,其中使用最多的是四两拨千斤的"幽默之道"。将男女间那点酸甜苦辣统统化作调侃。如西谚所云:"上帝造了世界,造了男人和女人。然后为了从大毁灭中让一切继续,又发明了幽默。"所以,男人们聚会,最沉重的话题就是谈自己的老婆,最轻松的话题是谈别人的老婆。最近正流行一个这样的段子:"刚毕业时:弟兄们,后会有期。毕业一年:弟兄们,后会有妻。后来:弟兄们,后悔有妻。再后来:弟兄们,会有后妻。最后:弟兄们,悔有后妻。"

19

《羊城晚报》载:曾敏之先生以九十八岁高龄在仙逝之前,每天都有人到病房探望,有时还与来人举杯,小酌几口。这才是老神仙的境界。能让同行敬重、喜欢,愿意跟他亲近。我跟曾老只见过几面,并无深交,若在广州也一定要去看望一下。

不禁想起这些年文坛上去世的其他作家。陈忠实先生可称得上是"倍极哀荣",毕竟是有经典留世的。民间自发地写悼念文章最多的是张贤亮先生，他去世的第二天早晨，连游泳馆里都有人在谈论他，一位五十多岁的旅游公司老总对我说，他是在张贤亮的小说里得到了性启蒙教育。

一位进城的老作家，在病重期间向一度曾脱离过父子关系的儿子抱怨，某某作家不来看望他。他儿子抢白道，人都被你得罪完了，谁还来看你！

一位权高位重的老作家去世，记者找到雷抒雁先生，请他说几句怀念的话。抒雁只说了八个字："请他安息，让我安静！"作为一个挨过对方整的人，能说出这样的话，算是够客气了。

所谓"死亡是公正的"，是指必须偿付一切欠债。

老出版家曾彦修九十岁时作诗自寿，最后两句："夜半扪心曾问否？微觉此生未整人。"生在这样一个长期视"与天斗、与地斗、与人斗其乐无穷"的年代，他反思一辈子没害过人，感觉是最大的愉快，很大的幸福。可见无论是以权势整人，还是造谣诬陷、整黑材料告黑状害人，到死灵魂都不得安宁。

20

"鸡汤"大热，尤以"曾（国藩）记老汤"最为畅销，其中卖得最火的一碗是"百种弊病，皆从懒生""天下古今之庸人，皆一惰字致败"。

西方也有类似劝"勤"的"鸡汤",哈佛大学图书馆的训诫高悬于正墙:"此刻打盹,你将做梦;而此刻学习,你将圆梦。"

然而从养生学的角度看,懒惰并不是坏事。德国富尔大学保健学教授彼得·阿克斯特博士在《懒散之乐:如何放松和活得更长》一书中说:"懒散实际上是长寿之道,是解除职业压力的灵丹妙药。动物园的狮子平均能活二十年,而野生狮子大约只能活八年,这正说明懒散有益长寿。"

特别是懒洋洋、慢吞吞地走到人生尽头,更会发现落在那些勤快人的后面是多大的福气!但是,这个懒和曾国藩深恶痛绝的懒可不大一样,曾厌恶的是"大懒""真懒"。世界卫生组织2013年发布公告:"全球每年有三百二十万人是懒死的。"

现在像"鸡汤"一样流行的是"新懒散主义",即:小懒大不懒,身懒心不懒。懒得动弹就发明遥控器,懒得走路就发明自动驾驶汽车。

"新懒散主义"的祖师爷,我想应该是著名数学家陈省身教授,当年他给中国科技大学少年班的题词"不要考一百分"可是轰动一时。他这样解释自己的题词,原生态的孩子一般考试能得七八十分,要想得一百分须下好几倍的努力,训练得非常熟悉才能不出小错。要争这一百分,就需要浪费很多时间和资源,相当于土地要施十遍化肥,最后孩子的创造力都被磨灭了。

——"鸡汤"盛行,品类繁多。好这一口的,请各取所需。

"男人找不到老婆会推高经济增幅!"——这话是亚洲开发银行首席经济学家魏尚进公开对媒体讲的,载于 2014 年 12 期《通俗月报》。他的理论根据是,中国 15 岁到 30 岁青年的性比例失衡,9 个男子里就有一个找不到老婆。男青年为了避免成为光棍,就得想方设法赚钱,自然就推动了经济的增长。

——这么说,中国能成为世界第二大经济体,多亏了众多光棍!

2017 年 11 月 11 日的"光棍节"前夕,在一知名的人力资源网站,仅北京、上海、广州、深圳四地,就有 8000 名白领为尽快"脱光"而登记"猎婚"。其费用最少 2 万,多则十几万元。这确实为 GDP 做贡献了。

"占全世界一半养猪量的中国,猪肉价格却贵过了养猪量仅占全球不到 1/8 的美国。堪称世界最贵。"于是有与会代表提问,说他的老婆一个劲地抱怨猪肉老涨价。国家统计局总经济师姚景源对着电视直播镜头慨然答道:"你娶这个太太缺乏人的基本经济技能,东西越涨你越买,娶这样的老婆怨谁?"

——他的意思是说猪肉涨价你可以不买,为什么非要吃猪肉?言下之意就是你娶了个这样不会过日子的老婆怪谁?还不如干脆休掉算啦。这位总经济师的太太一定是不买涨价货的。若所有东西都涨价了呢？事实也是近30年了所有东西都涨价，而且还不是一星半点。

重庆市前市长黄奇帆对经济学家的雷人之语有公开的评论："许多经济学家像娱乐节目主持人一样讨论问题，经济学家八卦化，其吸引眼球的噱头就是唱衰中国。"

——此言形象而深刻。互联网上则不像政府高官说话这么严肃，有人打油调侃经济学家的忽悠："天为什么这么黑？是牛在天上飞。牛为什么在天上飞？有人在地上吹。"

2018年早春，世界爆发了一场引人瞩目的所谓"贸易战"，不禁想起英国政治家丹尼斯·马克沙恩形容英法关系的一句话："我把法英关系比作一对极老的夫妇，他们常常琢磨杀掉对方，但做梦也没想过离婚。"

——地球上恐怕有不少国家间的关系，可用此喻。

22

有一种病最普遍，却各个医院都不管治——"话痨"。说话太多成为一种病态，而且这种病常常在公共场合发作，发病者或许还浑然不知，却让周围的人痛苦不堪、难以忍受。在2011年广州美术学院毕业生作品展开幕式上，校领导在台上讲话时间太长，一群男生忍无可忍,突然拉起上衣躺在地上,以示抗议。当即有人调侃说:"老帅哥刘德华有句唱词'男人哭吧哭吧不是罪',今天可山寨成'同学们脱吧脱吧不是罪'。"

公共场所的拥挤之所以让人烦躁得难以忍受,除去身体的硬挤强压,还有声音的狂轰滥炸。每个人都不再有隐私,都无处躲避。摘引两段从报纸上看到的"病历":挤成一体的车厢内,突然响起一女子的高声叫骂,原来她发现自己的手机被偷了,于是撕破脸拉开架式开骂,这一骂可就收不住了,越骂越难听,越骂越来劲,不干不净,入骨三分。从小偷的七姑八姨到祖宗十八代,一并问候了个遍。一车人有的皱眉,有的像听相声快板一样露出大饱耳福的神情,这更鼓励了骂女,骂得更加丰富多彩了。你别说,这通淋漓尽致的痛骂,还真管用。车到站一开门,一男的跳下车,随后掏出个手机往那骂女的方向一扔:"手机还给你,嘴也太毒了!"

一位中年妇女,上了公交车坐在前部的位子上,一上车嘴就不闲着,像是自言自语,却又让车上的人听得清楚:"倒霉,又赶上了这个司机开车!"司机回头瞪了她一眼。不料这一瞪可捅了马蜂窝,那女的立刻将嗓门提高了八度:"怎么?我冤枉你了吗?我坐这趟车有年头了,你们这些司机我哪个不熟悉!你××时候轧了一个女孩的自行车,××时候和别的公交车抢道撞了树,还有一次和小轿车怄气停在路边跟人家吵架,我说得对不对?没冤枉你吧,冤枉你了吗!"大家都以为她要告一段落了,不想只咽了口唾沫又接着数落。没有一句脏话,却句句连钩带刺,十分厉害。刚才眼神那么凌厉的司机竟被数落得连嘴都插不上,居然一声不吭,满脸郁闷地开着车。想必是这口恶气咽不下,一不留神在拐弯时剐蹭了路边的私家车。骂女更得意了:"我说得没错吧?怎么样,又出事了,哈哈……"

有这样的女人在车上,能不出事吗?还有在地铁和公交车上举着手机说话的人,可以一路不停嘴,旁若无人,或高腔大嗓,或亲昵肉麻,或故意炫耀,或絮絮叨叨……

虽然男子患"话痨病"的人也很多,但程度不及女子。根据电视纪录片《人类足迹》提供的数据,"女人每天说的词汇量在6400~8000个,而男人是2000~4000个"。

由于国门大开,全民旅游成为时尚。世界各地,包括中国人自己也对中国游客的素质多有诟言,其中一个主要因素便是"话痨"所致。

"小说家的散文"丛书